JN121675

とわの庭

小川糸

新潮社

とわの庭

わたしが眠りにつく時、母さんはいつも、この詩をわたしに聞かせてくれた。母さんの声は柔らかくて、温かいお湯に手のひらを浸しているような気分になった。その声は、温もりに満ちた洞窟の奥から響いてくる。

あなたが、おしえてくれた。
泉があると、おしえてくれた。
森のしげみのおくふかく、草がぼうぼうとおいしげるところ。
石ころだらけのその場所に、泉があるなんて、しらなかった。
わたしの森なのに。
あなたを見ているだけで、泉には、水があふれだす。
あなたをだきよせると、泉はこんこんわきでてくる。
あまくて、やわらかくて、きよらかな水。

「どうぞ、のどがかわいたら、いくらでものんでください！」
わたしたちの泉の水を、たくさんの人に、わけてあげましょう。
たくさんの生きものに、たくさんの草花に、わけてあげましょう。
あなたのやすらぎは、わたしのやすらぎ。
あなたのくうふくは、わたしのくうふく。
あなたのかなしみは、わたしのかなしみ。
からだとからだをくっつけると、たましいとたましいがよろこんでわらう。
わたしとあなた、せかいに、うつくしい音色をひびかせるの。
あなたに見つめられると、わたしはとてもつよくなれる。
あなたのねがおを見ていると、わたしの不安はきえてしまう。
いつだって、あなたのそばにいたい。

わたしは、母さんの腕に抱かれ、母さんの心臓をすぐそばに感じながら、母さんの声を聞いていた。わたしは、母さんの声を聞くのが好きだった。どんなに美しい音楽より、母さんの声の方が好き。「いずみ」というのが、この詩の題名だった。

わたしに光を与えてくれたのは、母さんだ。
わたしは、目が見えない。生まれた時は、かすかに見えていたのかもしれないけれど、この目でちゃんとした光を感じた記憶はない。物心がつく頃には、わたしの目は、ただただ漠然とした色のかたまりや、「明るい」と「暗い」しか識別しなくなっていた。そして、それらもだんだん、境界線があいまいになり、やがて闇のかなたへと沈んでいった。もしも大人になってから、ある日いきなり目が見えなくなったら、人生に大混乱を招いていただろう。けれど、わたしは幸いにして、そうではなかった。目が見えないことはわたしにとって日常であり、逆に明日からすべての物が見えるようになったら、それこそわたしはあまりの彩りの多さに腰を抜かし、取り乱してしまうかもしれない。

わたしが途方に暮れなかったのは、母さんのおかげだ。母さんが、わたしの光になってくれたから。母さんは、わたしの太陽だ。文字通り、大地をあたたかく照らす太陽だ。

太陽である母さんは、わたしにも季節の巡りがわかるようにと、庭に香りのする木を植えてくれた。沈丁花(じんちょうげ)や金木犀(きんもくせい)、ほかにもたくさんの香りの木がある。母さんはその庭を、「とわの庭」と呼んだ。

とわは、わたしの名前。

母さんが、わたしにつけてくれた、大切な名前。

ある日、わたしは母さんに聞いた。

「とわは、どうしてとわなの？」

その頃、わたしの人生には〈どうして期〉が訪れていた。どうして？　どうして？　あらゆる物事に疑問を投げかけ、おそらく母さんを困らせていた。

けれど、母さんは少しも嫌な声にならなかった。

「とわは、お母さんにとってえいえんの愛だから、とわって名前にしたのよ。とわ、っていうのは、永遠ってこと」

母さんは答えた。

「えいえんの、あい?」

「いつまでも、終わりがない、ってこと。漢字で書くと、こう書くの」

そう言って母さんは、わたしの左の手のひらを広げ、その中央に複雑な線を書き記した。

「くすぐったーい」

わたしは体をよじらせた。母さんは、もう一度「永」「遠」という字をゆっくりなぞった。わたしの左の手のひらは、いつだって小さなノートに早変わりする。

「でも、漢字で書くのは難しいから、とわは、平仮名で『とわ』なの」

そして、こう書くのよ、と今度は「と」と「わ」をわたしの手のひらノートに描く。

「はい、とわも一緒に書いてごらん」

母さんは、わたしの右手を支えると、今度はわたしの人差し指で「と」「わ」と記した。

そして今度は、わたしがひとりで「と」「わ」と書く。

「すごいすごい、とわは本当に賢い子ね。一回で、ちゃーんと自分の名前が書けるようになったもの」

母さんにほめられると、わたしは嬉しくて嬉しくて仕方なかった。そして、もっとほめられたいと背伸びした。

「お母さんの名前は？　とわ、お母さんのお名前も書いてあげる」

母さんは答えた。

「お母さんはね、『あい』っていう名前なのよ」

その時、わたしは初めて母さんの名前を知ったのかもしれない。それまで、母さんは母さんという名前なのだと思っていた。

「あい？」

「そう、『永遠の愛』のあい」

わたしは嬉しくなって、思わず母さんの首に抱きついた。

〈とわのあい〉という魔法の糸で、わたしと母さんが、わかちがたく結びついているように感じたのだ。

「あい？」

「そうよ、あい」

「どう書くの？」

わたしがたずねると、母さんは今度はわたしの左の手のひらに、「あ」「い」と自分の名前をゆっくりなぞった。「あ」は複雑で難しかったけれど、「い」はすぐに覚えられた。しばらく頭の中でかみ砕いてから、「あ」と「い」を続けて母さんの手のひらに書いてみせる。

「よくできました。とわは、天才」

母さんが、再びわたしをほめてくれた。

ひとつのどうして？　が解決すると、すぐに次のどうして？　が発生するのが、その頃のわたしの頭の中で起きていた現象だった。わたしは母さんにたずねた。

「あいって、なーに？」

するど、母さんはしばらく考え込んでから、ぽつりと言った。

「愛っていうのは、人やものに対して、報いられなくてもつくしたいと思ったり、自分の手もとにおきたいと思ったりする、温かい感情。慈しむ心。大切に思う心。

国語辞典には、そう書いてあるわ」

けれど、わたしはうまく理解できない。

「いいこと？」

わたしからの問いかけに、けれど母さんは答えなかった。その代わり、わたしをしっかりと胸に抱きよせ、

「とわとお母さんに、永遠の愛があれば、何も怖いことはないわよ」

そう、わたしの耳元でささやいた。

「大好き」

わたしも母さんの背中に両手でひしっとしがみつきながら、言った。

「とわ、お母さん、とわに大好き」

覚えたばかりの、「永遠」という言葉を使ってみたかった。

「お母さんも、とわを、えいえんに愛しているわ」

わたしと母さんが愛をささやき合うのは、決して珍しいことではなかった。わたしたちは、日常的に、お互いへの気持ちを言葉にして確かめ合った。それは、決して恥ずかしい行いではなかった。

それまで、わたしは母さんとべったり、片時も離れず一緒に過ごしていた。わたしたちが住んでいたのは、二階建ての小さな家で、二階にある寝室の上には更に小さな屋根裏部屋があり、一階の台所の下にはささやかな地下室が隠されていた。家の前にあるのが、とわの庭だった。

わたしの暮らしには、母さんの愛があふれている。わたしの食べ物は母さんが毎食作ってくれたし、服は、母さんの古着を仕立て直して、母さんが縫ってくれた。スカートのポケットにはいつだってアイロンのかけられた清潔なハンカチが入っていたし、トイレの場所がすぐにわかるよう、トイレへと続くみちすじに天井から毛糸を吊るしてくれたのも母さんだった。

目が見えなくても、母さんがどこにいるかは、すぐにわかった。母さんには、母さんだけの匂いがあったから。その匂いが、とわの庭に生えている植物の香りに似ていると気づいたのは、ずいぶん後になってからだけど。わたしは、母さんの匂いならすぐにかぎ分けることができる。

オットさんにも、ほんのわずかだけれど匂いがあった。母さんが、オットさんが届けてくれた箱のふたを開けると、いつも、今までそこになかった匂いがする。

それは、葉っぱのような奥深い香りで、うんと鼻に集中しないとわからない。大人になって、ホワイトセージという葉っぱをいぶした匂いをかいだ瞬間、脳裏にオットさんのことが思い出された。けれど、子どものわたしはホワイトセージなんて植物を知る由もなかった。

いや、知る由はあったのかもしれない。母さんが、わたしにたくさんの本を読み聞かせて、世界を広げてくれたから。けれど、ホワイトセージを意識したことはなかった。だから、オットさんの匂いを正確に言葉で表現するのは難しかった。

それは、決してほの暗いイメージの匂いではなく、どちらかというとひなたに近いような匂いだった。わたしにとっては、匂いにもそれ特有の色のような光のようなものがあり、わたしは匂いと色を結びつけてイメージすることが多い。

オットさんは、週に一度、わたしと母さんが暮らす家に生活必需品を届けてくれた。確かめたことなど一度もないけれど、オットさんは、おそらく男の人だった。母さんは、オットさんに買い物のリストを空き缶に入れておき、それを見たオットさんは次の週の水曜日に届けてくれる。

〈水曜日のオットさん〉

わたしは彼を、心の中でそう呼んでいた。

オットさんが誰なのか、母さんは教えてくれない。オットさんと母さんが言葉を交わすことはなかったし、オットさんが家に上がることもない。もしかすると、わたしの目が見えないように、オットさんも体のどこかに機能しない部分があったのかもしれない。

オットさんは、水曜日のだいたい夕方頃にやって来て、家の勝手口に荷物を置くと、勝手口のドアを、コン、コン、コン、と三回鳴らす。それが、オットさんが来た合図で、その音を聞いてしばらくしてから、母さんは外に置かれていた荷物を家の中に取り込んだ。食材もトイレットペーパーも絆創膏も風邪薬も、石けんも歯ブラシも、すべてオットさんが届けてくれた。

母さんが家の中に荷物を取り込むと、たいてい電話が鳴った。呼び出し音が続くと、やがて自動で留守番電話のメッセージに切り替わり、そこに奇妙な音が吹き込まれる。わたしには、うまく聞き取れない。それはまるで、冬の始まりの頃に吹く、冷たい北風のような音だった。

ただ、母さんにはその言葉が聞き取れるらしく、その音がすると、オットさんね、と毎回つぶやいた。

電話は、オットさんからかかってくる以外は鳴らなかった。わたしはずっと、電話というのは本来そういうもので、ある特定の人物と一対一でしかつながらないものだと思っていた。

わたしには、時間の流れという感覚があまりよく理解できないのだが、強いていえば、オットさんは時計の短い針だった。オットさんが来ることで、わたしはその日が水曜日であると理解し、一週間という時間の流れを感じることができた。

オットさんが短い方の針なら、長い方の針はクロウタドリだった。

そう、黒歌鳥合唱団！

黒歌鳥合唱団のコーラスが、わたしに、朝を知らせてくれるのだ。

目の見えないわたしにとって、光の加減で朝が来たり夜になったりすることを知るのは難しい。けれどクロウタドリが、わたしの目の代わりに朝の気配を感じて歌ってくれる。クロウタドリが、わたしの時計。わたしは、クロウタドリの歌を聞くことで、朝の到来を知ることができる。

とわの庭は、黒歌鳥合唱団にとって絶好のステージだった。クロウタドリたちは競い合うように、とわの庭で美しい歌声を披露した。機嫌がいいと、クロウタドリは夕暮れ時にもやってきて歌をうたうので、わたしは朝だけでなく、夜の訪れも知ることができる。

問題は曇りや雨の日で、そういう日は黒歌鳥合唱団の活動もお休みになるらしく、その美しい歌声を聞くことができない。クロウタドリは、わたしに朝夕の訪れだけでなく、その日の空の様子も教えてくれる、頼りがいのある存在だった。

クロウタドリが歌わない朝は、母さんがレコードをかけて、わたしに朝を知らせてくれた。レコードから流れてくるのはたいてい穏やかなピアノの曲で、母さんはピアノの音が好きだった。

朝からピアノが流れる日、母さんはいつも以上に機嫌がよかった。

わたしに言葉を教えてくれたのは、母さんだ。

母さんはある日、わたしに筆箱を買ってくれた。中を開けると、そこには消しゴムと、先の尖った鉛筆が数本入っていた。

「今日から、お勉強をしましょう」

母さんは張り切って言ったが、わたしはそれをどこか上の空で聞いていた。消しゴムから、オレンジみたいなレモンみたいな、おいしそうな香りがしたからだ。わたしは消しゴムを鼻に近づけて、匂いをかいでばかりいた。

とりわけ、わたしを夢中にしたのは言葉のお勉強だった。

ある日、母さんはわたしの手のひらの真ん中に、綿のかたまりをのせて言った。

「とわ、これをゆっくりと、優しく握ってみて」

わたしは言われた通りに、少しずつ指先に力を入れて、そのかたまりを手のひらで包みこんだ。

「ふわふわ。ね？　とわ、わかる？　これが、ふわふわ」

母さんは、言った。

「ふわ、ふわ」

わたしは確かめるようにゆっくりと、母さんの言葉を繰り返した。

「そう、ふわふわ。だって、ふわふわ、しているでしょう」

そう言われると、確かに手のひらの中にあるものは、ふわふわしている。それ以外の言葉は似合わない気がした。

見渡すと、「ふわふわ」は身の回りのいろんなところにあった。たとえば、母さんのふくらはぎ。たとえば、トーストする前の食パン。たとえば、わたしの唇。

「わくわく」も、すぐに理解できた。わくわくは、常にわたしの内側にある期待の気持ちだった。母さんがそばに来るとわくわくしたし、夜、眠りにつく前、本を読んでもらうのもわくわくした。大好きなオムライスを食べる時も、わくわくした。

「ぬめぬめ」も、簡単だった。母さんが、わたしの手にナメコという名前のキノコをのせて、触らせてくれたから。母さんは「ぬめぬめ」や「ぬるぬる」があまり得意ではないらしく、字面までぬめぬめしていると忌々しげに言っていたけれど、わたしは、「ぬめぬめ」も「ぬるぬる」も結構好きだった。

「すべすべ」もすぐにわかった。母さんが、自分の太ももの内側にわたしの手を導いて、そこを撫でさせてくれたからだ。

「すべすべ」

わたしが言うと、母さんも同じように繰り返した。

わたしは、自分の頬っぺたを母さんの太ももに当てて、すべすべ同士を隣り合わせた。

「すべすべ」は、とても気持ちのよい言葉だった。

逆に難しかったのは、「きらきら」や「ぴかぴか」、「もくもく」で、すぐには理解できなかった。

わたしはいまだに、「てくてく」がよくわからないし、自分の思っている「てくてく」が、果たしてその他大勢の人たちが使っている「てくてく」と同じ姿形をしているか、よくわからない。だからわたしは、「てくてく」を使う時、おなかに穴があいたような覚束ない気持ちになる。

それから、色についての表現を理解するのも難しかった。

赤と言われても、赤とオレンジがどう違うのかわからない。青も、黄色も、紫も、わたしにははじめ、宇宙人の言葉を聞くみたいで途方に暮れた。けれど、母さんがていねいに教えてくれたから、なんとなくわかるようになった。

わたしは、理由はよくわからないけれど、「にびいろ」という言葉が好きだ。鈍色だけは、最初からわかるような気がした。にびいろという言葉を最初に教えてくれたのも、母さんだった。母さんは、昔の人の喪服の色だと教えてくれたのだ。喪服って？　とわたしが更に質問すると、母さんはしばらく間を置いてから、愛する人や親しい人が遠くへ行って、もう二度と会えない悲しみに包まれた時に着る服よ、と言ったっけ。

それなら、わたしはまだ知らないはずだった。だって、愛する母さんはいつもわたしのそばにいるもの。けれどわたしは、「にびいろ」という言葉に出会う前から、鈍色を知っていたような気がする。鈍色とわたしは、もしかすると前世で親友だったのかもしれない。

読書家の母さんが、わたしにもよく本を読んできかせてくれたから、わたしは家にいながらにしてたくさんの旅をすることができた。クロウタドリという名の、体の左右に翼の生えた空を飛ぶ生き物がいることを教えてくれたのも、外国で書かれた物語だった。

旅に出るのはたいてい寝る前の時間だったけど、たまに、陽だまりの中で旅をすることもあった。日本が舞台のおはなしも、外国が舞台のおはなしも、架空の国が舞台のおはなしも、いろいろあった。今のおはなしも、大昔のおはなしも、未来の宇宙人が出てくるおはなしもあった。

本もまた、オットさんの手によって、毎週水曜日に届けられた。

それまで、わたしは文字通り、片時も離れることなく母さんといっしょだった。雪の中に作った巣穴でひと冬を過ごす母熊と子熊のように、わたしと母さんは小さな家から長く外に出かけることなく、ふたりだけで暮らしていた。わたしは、それが当たり前なのだと思っていた。家の中に母さんさえいてくれたら、わたしはそれで満足だった。

だから、母さんから留守番をするよう告げられた時、わたしはうまく事態が飲み込めなかった。ちょうどわたしが、というべきか母さんが、ワニになってしまった主人公の物語を読み終えたタイミングだった。

「じゃあ、そろそろお母さんも、働かなくちゃ」

母さんはまるで、雨が降ってきたから洗濯物を取りこまなくちゃ、とひとりごとを言うみたいなふつうの感じで、その言葉を口にした。

「はたらく？」

「そう、とわとふたりで生きていくために、お母さんは働くことにしたの」

その時、わたしが何歳だったのか、正確にはわからない。というのも、わたしには水曜日のオットさんと黒歌鳥合唱団という、二本の時計の針しかなかったからだ。黒歌鳥合唱団のメンバーが朝を告げ、それから三回、朝、昼、晩と食事をし、寝て、また黒歌鳥合唱団の声を聞き、それを七回繰り返す中に、水曜日のオットさんの訪問がある。

わたしにとっての時間の流れは、それがすべてだった。それよりも細かく時間を区切る、たとえば、秒や分や、時でさえも、わたしには必要のない単位だった。

母さんが出かけるなんて、母さんと離れるなんて、想像もしていなかったのだ。

「いや。絶対に、いや」

わたしは言った。

「お母さんがお外に行くなら、とわも一緒に行く。とわ、ちゃんとおりこうさんにして待ってるから」

わたしは、どこかの国で常に飼い主さんと行動を共にした賢い犬の物語を思い出しながら言った。あの犬にできることなら、わたしにだってできるに違いないと思った。けれど、母さんは許してくれない。

「それはできないの、とわ。わかって。お母さん、お金を稼がなくちゃいけないのよ」

「お金って?」

それまで、お金というのは物語の中だけに登場するものだった。母さんは、わたしを説き伏せるように言った。

「お金がないと、この世の中では生きていけないの。ね、ちゃんとお留守番できるでしょ? それに、とわが寝ている間だけだから、きっと、とわが目を覚ます頃には、お母さん、もう帰ってきているわ。そうしたらとわに、大好きなパンケーキを焼いてあげる」

パンケーキという言葉につられて、わたしの気持ちは傾きかけた。けれど、不安が拭いきれない。わたしは、ぎゅっと母さんの腕を握りしめる。

「大丈夫よ。オットさんに頼んで、ネムリヒメグスリもここにあるから。それに、オムツもね」

「オムツ？　オムツは、赤ちゃんがするものでしょ？　そんなの、とわ、絶対にやだ！」

今さらオムツをしろだなんて、屈辱的だった。ひとりでもトイレに行けるようにと家の中に工夫をこらしてくれたのは、母さんではないか。

「わがままを言わないの。ね、お願い。とわが寝ている間にトイレに行かなくても済むように、オムツをはいて。その方がお母さん、安心できるから」

「とわのこと、すき？　とわのこと、あいしてる？」

わたしは、今すぐ母さんの愛情を確かめたくなった。

「もちろんよ、とわ。お母さんね、とわのことが、世界でいっちばん、大好きよ。とわのことを、海よりも深く愛しているわ」

母さんの言葉にうながされて、わたしはしぶしぶだが下着を脱いでオムツに足を通した。ゴワゴワして、とても気分が悪かった。こんなもの必要ないのにと思ったけれど、母さんを安心させるためなので、妥協せざるをえなかった。

わたしは服のまま、オムツだけはいてベッドの上に横になった。

「はい、あーん」

口を開けると、母さんが舌の上に何かをのせた。それは、少しひんやりとした丸い固まりだった。

「お母さん、すぐに帰ってくるからね。

いとしのいとしのいとしのとーわちゃん、おやすみなさい」

母さんの声を最後まで聞き終える前に、わたしは深い眠りに包まれた。

眠る前のおまじないの時だけ、とーわちゃん、と母さんが長く伸ばした音で呼んでくれる。わたしは、それを聞くのがたまらなく好きだった。


目を覚ますと、母さんはもう家に戻っていた。母さんが不在だった分、それを埋めるように、母さんの匂いをより強く感じる。母さんの匂いにははっきりと形があって、わたしにはそれが輪郭として見えるのだ。

「お母さん？」

ベッドに横になったままわたしが呼びかけると、

「あぁ、よかった」

母さんはわたしのところへやって来て、わたしのほっぺたを撫でながら言った。

「とわが、このままずっと目を覚まさなかったらどうしようって、お母さん、不安になっちゃった」

「黒歌鳥合唱団は？」

わたしは聞いた。

「何言ってるの、とわ。もうすぐお昼よ」

ということはつまり、わたしは黒歌鳥合唱団のコーラスにも気づかずに、寝ていたということだろうか。そんなこと、今まで一度もなかった。わたしには、お留守番がまるで一瞬の出来事のように感じた。これなら簡単、とわたしはひそかに舌を鳴らした。けれど、問題はもっと別のことにあった。

「はい、とわ、オムツを取ってちょうだい。自分でできるわよね」

母さんはそう言うと、足早に一階へおりていく。母さんに言われるまで、わたしは自分がオムツをしていたことを、忘れていた。

オムツは、ずっしりと重くなっていた。右足、左足、と交互に脱いで、オムツから下着に穿き替える。なんだかむしょうに虚しくなったけれど、この気持ちを母さんに訴えても、きっと理解してもらえないだろうとあきらめた。だから、オムツのことは、母さんに何も伝えなかった。

約束通り、母さんはお昼にパンケーキを焼いてくれた。わたしの大好きなパンケーキだ。母さんは、いつもの食卓にテーブルクロスまでかけて、どこかはしゃいでいる様子だった。

わたしは、母さんが焼いてくれたパンケーキに、メープルシロップとバターをたっぷりかける。それからしばらく、パンケーキにメープルシロップがしみこんでいく音に耳をすます。パンケーキのふちのカーブや表面についた焦げ目を指でなぞり、メープルシロップが十二分に染み込んだパンケーキの真ん中を指先で押して、その感触を確かめる。それからようやく、口に運ぶ。

母さんのパンケーキはふっくらしていて、窓辺でひなたぼっこをしている時の匂いがした。ふだんは四枚焼いて、母さんとわたしが二枚ずつ食べるのに、この日はわたしが母さんの分も一枚もらって、三枚も食べてしまった。

母さんが焼いてくれるパンケーキを食べると、わたしはいつだって眠たくなる。わたしにとってパンケーキは、幸福になるお薬だ。

「とわは、朝ご飯、食べていないものね」

わたしの後ろに立っていた母さんが、くすくすと笑いながら言った。それから母さんと一緒に、お風呂に入った。

夕暮れ時、とわの庭にやって来て声高に美しい声を披露するクロウタドリのように、母さんはその日一日、ご機嫌だった。


最初は週に一回ほどだった「お留守番」が、二回、三回と少しずつ増えるようになった。母さんが外へ行く支度をするたびに、わたしはそわそわとして落ち着かない。母さんがお仕事の準備をしていることは、化粧道具を開け閉めする音や口紅の匂いですぐにわかった。

出かける時、母さんはいつも言った。

「だれが来ても、たとえオットさんでも、絶対に、ドアを開けてはいけませんよ。お返事も、してはいけません。いいですね？」

そのあと母さんは毎回、忘れることなくキャンディーと一緒にネムリヒメグスリをわたしの口に入れてくれた。そのキャンディーには、中に蜂蜜が入っていて、少し舐めるととろりとした蜜が出てくる。蜜といっしょにネムリヒメグスリを飲み込むと、わたしはすぐに眠くなった。

そうして、眠りから覚めた時には、もうすでに母さんが家に戻っている。いつもそうだった。わたしはただ、眠って夢を見ているだけでよかった。

夢！

そう、わたしは夢を見ることができたのだ。

ふしぎなことに、わたしは夢を見ている時、光を感じることができた。これは本当にうまく説明できないけれど、夢の中の光景にはところどころ色があり、わたしの視界には色つきの世界が両手を広げて待っていて、わたしを大歓迎してくれるのだ。

わたしは自由自在に飛んだり跳ねたりスキップしたり、時には転ぶこともなんでもできた。現実の世界では、一歩前へ進むたびに足の裏の神経を尖らせなくてはいけないけれど、夢の中ではそんな必要など少しもなかった。

夢の中のわたしは、ものすごく自由だった。

公園の鉄棒にスカートのすそをくるっと巻きつけて前方に回転する、いわゆるスカート回りができるようになったのも、夢の中だった。あの時は、嬉しいのと、世界がくるんと回転することの衝撃に、夢の中で笑いが止まらなかった。

母さんがお仕事を始めるようになる前まで、わたしと母さんは、朝、黒歌鳥合唱団のコーラスで目を覚まし、夜も夜更かしはせずに早めに寝る生活だった。少なくとも、わたし自身はそうだった。

けれど、だんだんそれが乱れてきた。ネムリヒメグスリを飲んだ次の日など、わたしは夕方まで寝てしまうこともあったし、仕事のない日、母さんはいくらクロウタドリが必死に起こそうと呼びかけても、ベッドから起き上がらない。クロウタドリのコーラスは、わたし自身の心の声でもあった。

そんな時、母さんは眠たげな重たい声で、わたしに言った。

「とわ、ごめんね、悪いけど適当に何か食べてくれる？」

けれど、適当に食べてと言われても、わたしは目が見えない。母さんは、そのことを忘れている。わたしは、母さんのようにキッチンに立って、火を使うことなどできないのだ。それに、そもそもわたしがキッチンに立つことを禁じたのは、母さんだ。危ないからと。火事になったら大変だからと、母さんは絶対にわたしに火を使わせなかったはずなのに。

「はい」

わたしは短く答えて、キッチンの収納棚を開け、そこからいつも食べているヤキソバのカップ麺を探し出す。麺のふたを開け、中からかやくとソースの袋を取り出し、お湯をかける。お湯は、電気ポットのお湯を沸かして使う。鼻に神経を集中させ、なんとなくよさそうな匂いがしてきたら、かやくとソースを適当に混ぜて食べ始めた。

カップ麺を食べた次の日は、必ずと言っていいほどお腹を壊した。それがオムツの日と重なると、最悪以外のなにものでもなかった。

もちろん、母さんがいつもこうだったわけではない。ベッドでしばらく休むと、母さんは復活した。そして、いつも以上に明るく、饒舌になった。

ある日、母さんはいきなり言った。

「踊りましょう！　とわ、今日は一日、舞踏会よ」

「舞踏会って？　シンデレラの？」

わたしが聞くと、

「そうよ、シンデレラの舞踏会。きっととわにも、すてきな王子さまが見つかるわ」

母さんが、おかしなことを口にする。

「とわは、結婚なんかしないもん。ずっとずっと、お母さんとここで仲良く暮らすの。だから、王子さまなんて、いらない」

わたしは言った。本当に、そのつもりだった。

「ありがとう。とわは、優しいのね」

母さんは、わたしの両手を取りながら言った。

「でも、今日は舞踏会をしましょう。お母さん、踊りたくなっちゃった。ふたりとも、ドレスに着替えなくちゃ」

「ドレス？　そんなもの、とわは持っていないでしょ」

ふだんは、母さんのお古をリメイクしたものを着ているのだ。

「大丈夫、お母さんがとわの分もすぐに縫ってあげるから」

そして母さんは、それからすぐにドレス作りに取りかかり、本当にわたしのドレスを仕立ててくれた。それから、母さんといっしょにできたばかりのドレスに着替えた。

「かわいい」

鏡に映るわたしを見ながら、母さんはため息まじりに言った。

わたしは、目を見開いて、鏡に映る自分の顔を想像する。けれど、自分の顔にはいくら自分で触っても、なんら具体的なイメージが膨らまない。だからわたしは、時々自分の顔が知りたくてたまらない気持ちになる。母さんから、かわいいなんて言われると、その気持ちはますます強く発酵する。

「お母さんも、かわいいよ」

わたしは言った。母さんは、わたしにとって、世界でいっちばんかわいい人。

「さぁ」

母さんは、わたしの手を取りながら言った。

母さんがレコードに針を落とすと、ゆったりとした曲が流れてきた。

「ワルツ。そう、今日はワルツの日にしましょう。朝まで、踊り明かすの」

母さんがわたしの耳元で言う。

「でも、シンデレラは十二時前に家に帰らなきゃね」

わたしが言うと、

「そうね、シンデレラはそうだったわ。とわは、やっぱり賢い子ね」

母さんはひとりごとのように言った。

わたしは、母さんの体の動きに合わせて、自分の体を静かに揺らした。たまに、くるくる回ったり、腕を交差させたりする。

舞踏会なんて、物語の中だけの現実かと思っていた。だけど、踊っているうちに、なんだか楽しくなってきて、わたしはたんぽぽの綿毛にでもなった気分で軽やかに体を動かした。

ふーわふわ、ふーわふわ、ふーわふわ、ふーわふわ。

ワルツのリズムが、わたしの耳にはそんなふうに聴こえるのだった。

とわの庭の木々がおしゃべりをするようになったのは、いつ頃からだろう。

相変わらずわたしの時計には、黒歌鳥合唱団の長い針と水曜日のオットさんの短い針というふたつしかなかったけれど、そこにもうひとつ、一年という時の区切りを教えてくれる存在が加わった。

ある日、屋根裏部屋のよろい戸を開けたら、ふわりと、甘い香りが流れてきたのだ。結婚式の時、花嫁さんが頭にかぶるベールという花嫁衣装があることは、以前母さんが読んでくれた物語で知っているけれど、その香りをかいだ時、わたしの脳裏に浮かんだのは、その「ベール」という単語だった。その香りは、よろい戸からひっそりと妖精のように現れて、わたしの頭に美しいベールをかぶせてくれた。

二階の寝室にある窓は、以前から開けてはいけませんと言われている。実際、開かないようにテープで止めてあった。けれど屋根裏部屋にあるよろい戸は、家の中で唯一、わたしが自由に開けてもいい窓だった。その頃わたしは、屋根裏部屋を自分の部屋に見立てて、そこで時間を過ごすことが多くなっていた。

いい香り。

わたしは何度も何度も深呼吸した。そうやって香りをかいでいると、その木と、お話をしているような気持ちになる。わたしは、母さん以外の話し相手を、初めて見つけた気分だった。

「お母さん、この香りは何の木なの？」

ようやく目を覚ました母さんに、わたしはたずねた。

「香り？」

「そう、今日ね、とってもいい香りがしたから。きっと、とわの庭にある香りの木でしょう？」

「あぁ」

母さんは、眠たげな声をもらすと、あくびをしながら言った。

「沈丁花よ。春になったら咲く花ね」

「花？　お花が香りを出しているの？」

「そうよ、沈丁花の花が咲いたのね、きっと」

「どんな花？」

わたしは、沈丁花がどんな花なのかを、知りたくて知りたくてたまらない。大きい花なのか、それとも小さい花なのか。どんな色をしていて、花びらはどんな形をしているのか。

けれど、母さんは少し面倒臭そうに答えただけだった。

「さぁ、どんな花だったかしら？　忘れちゃったわ」

母さんが本格的にお仕事をするようになって、以前ほど手の込んだ食事が出なくなったことは、仕方がないとあきらめがついた。けれど、なかなか本を読んでもらえなくなったことは、わたしにとって耐えがたいほどの苦しみだった。わたしは改めて、母さんの目を借りなければ一文字たりとも読むことができない未完成な存在なのだという現実を、突きつけられた。クロウタドリが母さんのかわりに本を読んで聞かせてくれたら、どんなによかっただろう。

前回、母さんが本を読んでくれたのはいつだったかと、わたしはその間のオットさんの訪問を過去にさかのぼって数えてみる。一回、二回、三回、四回。ということは、およそひと月もの間、わたしは一度も旅をしていないということになる。

「お母さん、お願い、今日は本を読んでくれる?」

ある日、わたしは母さんの背中に懇願した。もう、どうしてもその気持ちを抑えきれなくなっていた。

「今、手元に本がないのよ。オットさんが、持ってきてくれないから」

「うそ」

わたしは、言った。つい反射的に言ってしまったのだ。母さんを傷つけるつもりなんて少しもなかった。けれど、時はすでに遅かった。

「お母さん、うそなんかついてないわ!」

母さんは、叫ぶように言った。

「絶対に、うそなんかついてない」

それから、しくしくと泣き出した。

「ごめんなさい。お母さん、ごめんなさい」

わたしは母さんの背中に触れながら、必死に謝った。わたしが、母さんを泣かせてしまった。悲しい思いをさせてしまった。そのことが、とてつもなく辛かった。そして、悪いことに思えた。

けれど、どんなにわたしが謝っても、母さんは泣き止まない。

「ごめんなさい、お母さん、ごめんなさい」

母さんの頬に伝う涙を探し、わたしは一生懸命ハンカチで拭った。

「そうよね、お母さんが全部悪いんだわ。お母さんのせいで、とわが、こんなことになっちゃったんだわ。お母さんの方こそ、とわをこんな目に合わせて、ごめんね」

そう言うと、母さんはますます盛大に泣いた。

母さんに謝られることが、わたしにとっては本当に辛かった。

「いいの、本のことはもういいの。だから、お母さん、お願い、もう泣かないで。お母さんが泣いてると、とわまで悲しくなって涙が出ちゃう」

そう言うそばから、わたしはどんどん悲しくなった。わたしが勝手なわがままを言ったせいで、母さんをとんでもなく悲しい気持ちにさせてしまったのだ。わたしはそのことを、地面にひれ伏すような気持ちで反省した。

「とわ、ごめんね。こんなお母さんで、本当にごめんね」

母さんがわたしをひしっと胸に抱きよせてくれる。

「違う、悪いのは全部とわだから。お母さんは、全然悪くないから」

わたしは言った。必死だった。

「ありがとう。とわのこと、愛しているわ。とわがいてくれたら、お母さん、何にも怖くない」

母さんの生温かい息が耳にかかってくすぐったかった。でも、わたしはくすぐったいのを必死に我慢した。母さんと、ずっとこうしていたかった。

「とわも、お母さんが大好き。お母さんのこと、愛しているわ」

わたしは言った。それでも、わたしの気持ちの半分も母さんには伝わっていない気がしてもどかしかった。

「大丈夫、お母さん、がんばる。とわとふたりで幸せに生きていくためだもの。お母さん、がんばらなくちゃ」

母さんは、やっと泣き止んだようだった。

「だから、とわもあと少し辛抱してね。もうちょっとしたら、お母さん、またずっと家にいて、とわのそばにいられるようにするから」

その言葉を母さんから聞いた時、わたしはどれほど大きな雄叫びをあげたかったことか。母さんがいつも家にいて、黒歌鳥合唱団のコーラスで目を覚まし、パンケーキを焼いてくれる日常が戻ることを、わたしは何よりも望んでいた。お留守番も、オムツもネムリヒメグスリも存在しない、ただただ平和な、規則正しい時間の流れが再びこの家に戻ってくるなら、その可能性があるなら、わたしは何だって我慢できる、そう思った。

振り返ると、この頃から、母さんの喜怒哀楽は激しくなっていったのかもしれない。その頃、母さんはよく、眠れない不安を口にするようになった。

「とわはいいわね。ぐっすり眠れて。お母さん、とわがうらやましいわ」

母さんは言った。

「お母さん、眠れないの?」

眠れない不安がどんなものなのか、わたしにはよくわからない。わたしはいつだって、すとんと、物が落下するように寝てしまう。

「とわが、羊を数えてあげようか?」

遠い昔に母さんが読んでくれた絵本に、眠れない夜に羊を数えるという内容のおはなしがあった。

「お母さんの不眠に、羊は役に立ってくれないの」

「ネムリヒメグスリは?」

わたしは言った。

「もちろん、それも随分前から試している。でも、一回にたくさん飲んでも、ほとんど効果が現れないの。それにあれは、とわのお留守番のためにとっておかなくちゃ」

母さんは言った。

「とわは、ネムリヒメグスリなんか飲まなくても平気だよ」

わたしは言った。それに、あれを飲むと次の日にどうしても頭が重くなるので、できればもう飲みたくなかった。

「ダメよ。ネムリヒメグスリを飲まないなんて。お母さん、心配で心配でどうにかなっちゃいそうだもの。お留守番の間、とわはぐっすり寝てくれなくちゃ」

母さんがあまりにも真剣に訴えるので、わたしはその気持ちを受け入れるしかない。

「そうよね、ネムリヒメグスリはお留守番の必需品だもの。なくなったら、困っちゃう」

「そうよ」

母さんは、得意げに言った。

「ネムリヒメグスリは、大事に使わなくちゃ」


そうかと思えば、母さんは朝起きたばかりのわたしの頭に、いきなり花のかんむりをかぶせて驚かせたこともあった。

「とわ、どう、きれいでしょう！　お母さん、夜中にとわの庭でこれを作ったの」

わたしはゆっくりと両手を頭の方へやり、慎重に指を動かして花のかんむりに触れた。

「白いコスモスと、ピンクのコスモスと、オレンジ色の花もあるわ。とわに、ぴったり。本当によく似合っている」

わたしは、もっとよくそのかんむりを知りたくて、両手でそっと持ち上げ、かんむりを頭から外した。そして、かんむりにうんと顔を近づけて、匂いをかぐ。そうすると、わたしにもなんだか、その花のかんむりの姿がぼんやりと見えそうな気がする。

「鏡にうつしてみてもいい?」

　わたしは言った。かんむりを落とさないよう気をつけて持ちながら、廊下にある鏡の方へ移動する。単なる錯覚かもしれないけれど、鏡の中に実際に自分の姿をうつしていると想像した方が、なんとなくイメージが強くなるのだ。

　鏡の前に立つと、母さんがわたしの手から花のかんむりを自分の手にとって、もう一度、まるで王子様がお姫様にするように、うやうやしくわたしの頭にのせてくれた。

「お母さんも、かぶってみて」

　わたしは言った。わたしより、きっと母さんの方が、この美しい花のかんむりにふさわしい気がする。

「いいの、お母さんは、似合わないもの。それに、この冠は小さいし。お母さんは、もういいの」

　後ずさりするように、母さんは言った。本当は、母さんにもかぶってほしかったけれど、無理強いするとまた母さんのせっかく丸く収まっている感情に爪を立ててしまいそうだったので、それが怖くて、わたしはそれ以上何も言わずに黙っていた。多分、それが正解だったと思う。

　わたしは、その日一日、母さんが作ってくれた花のかんむりを頭にのせて過ごした。夜、寝るまでにはすっかりしおれてしまったけど、わたしの心は一日中、メープルシロップを口に含んでいるような気持ちで満たされていた。

　母さんがわたしにとわの庭の草花を集めてかんむりを作ってくれたのは、これが最初で最後だった。

「とわ、お友達を連れてきたわよ」

ある日、母さんはそう言ってわたしに彼女を紹介した。

「お友達？」

わたしはまだ目が覚めたばかりで頭がぼんやりし、それに濡れて重たく湿っていたオムツも早く取り替えたかった。けれど、母さんはとにかく早くお友達をわたしに会わせたいようで、オムツを外すのは後回しになった。

急にお友達と言われても、わたしにはよくわからない。それにその時のわたしは、もうお友達なんかいらないと思っていた。だって、心を寄り添わせるのがお友達なら、すでにわたしには母さんがいる。おしゃべりの相手なら、とわの庭の植物たちで十分だ。けれど、母さんはそんなこと少しも知らず、わたしのそばにお友達を連れてきた。

「とわ、わかる？　お友達よ」

母さん以外の人の顔を触るのは初めてだ。わたしはお友達を脅かさないよう、そっと、彼女の顔に両手を伸ばし、表面に優しく触れた。こんな時、わたしの瞳は手のひらの中心にあるのだと実感する。手のひらで触れれば、たいていの物を「見る」ことができる。

彼女は、少しも身動きせず、じっと、わたしの手の動きに耐えていた。

お友達には、長い睫毛があり、眉毛もある。そしてお友達は、わたしよりも、ずっと体格が良かった。

「とわ、お友達に名前をつけてあげたら？」

わたしが一通りお友達の品定めを終えるのを待って、母さんは言った。

「とわが？」

「そうよ。とわが彼女にすてきな名前をつけてあげて」

わたしを後ろから抱きしめるようにして、母さんが甘い声を出す。くすぐったくて、わたしは思わずからだをよじった。どうやら、お友達は屋根裏部屋に置かれたソファに腰かけている。

お友達は、きちんとした身なりで、これは後からわかったことだけれど、ちゃんと下着もはいていた。胸元はとても柔らかく、ふわふわする。

わたしはもう一度お友達の髪の毛に触れながら、名前を考えた。母さんがお友達に名前をつけろというのなら、それもやぶさかではない。お友達の耳にはきちんと耳の穴もあり、鼻にも律儀にふたつ、洞窟がある。お友達は、そんなわたしの見定めるような手の動きに、じっと耐えている。

「ローズマリー。お母さん、この子の名前、ローズマリーにする」

わたしは言った。決めてしまうと、ローズマリーには、ローズマリー以外の名前など最初からなかったような気分になる。

「まぁ、ステキな名前じゃない！」

母さんは、わたしの髪の毛を撫でながら言った。

ローズマリーは、わたしの好きな香りのひとつだ。母さんが焼いてくれるビスケットには、ときどき、ローズマリーが入っている。

この日から、わたしとローズマリーは、友達になった。けれど、大親友と呼べるほど関係が深まったのは、だいぶ後になってからだった。


だって、わたしはどうしたって、ローズマリーを母さんと同じように好きになることはできなかった。第一、ローズマリーはわたしがいくら話しかけても返事をすることはないし、母さんのような温もりもない。ローズマリーのつま先は、いつだって冷たいままだった。

ただ、ローズマリーは柔らかかった。まるで体全体がマシュマロのようだった。

だから、母さんが相手にしてくれなくてひとりぼっちだと感じる時は、ローズマリーのそばに行き、ローズマリーの太ももに頭をのせた。そして、いつまでもいつまでも、よろい戸の向こうに広がっているはずの空を見ていた。

ローズマリーが、母さん以上の安心感をわたしにもたらすことはなく、ローズマリーとそうしていると、逆にますますひとりぼっちな気持ちが強くなることも珍しくなかったけど。

それでも、時おりわたしたちは、いっしょにソファでくっついて過ごした。それはたいてい、母さんが忙しくてわたしに本を読んでくれない時だった。


そんなわけで、わたしのファーストキスの相手はローズマリーだ。

一度だけだが、わたしはローズマリーと唇を重ねたことがある。

その頃、母さんの体調が少しずつよくなって、再びわたしに本を読んでくれるようになっていた。その本の中に、主人公とその恋人が湖のほとりで初めてのキスをする、というシーンがあった。

夕暮れ時の湖は、キラキラと輝いていた。その水の上を、白鳥が優雅に泳いでいる。恋人が、思わず、きれいね、と主人公に声をかけた時、主人公の顔が恋人の方へ近づいてきて、ふたりは静かに唇を重ねたのだ。

この場面を読んでもらいながら、わたしはドキドキが止まらなかった。おなかの下の方がうずいて、なんだか妙にもぞもぞした。珍しいことに、その夜はあまり上手に眠れなかった。

キスがどんなものか、知りたい。

好奇心をおさえきれなくなり、次の日、わたしは母さんが洗濯物を干している間に屋根裏部屋へ上がり、ソファに座っているローズマリーの隣に腰をおろした。それから、彼女の髪の毛をかき分けて、唇と唇を近づけた。

昨日読んでもらった物語を思い出しながら、わたしは湖のほとりのベンチにローズマリーと座っているつもりでキスをした。期待したような味は何もしなかったけれど、ローズマリーの唇は少しずつ熱をおび、やがてわたしと同じ温度になった。

十歳の誕生日のことは、今もはっきり覚えている。その日は、朝から特別な一日だった。

目を覚ますと、仕事から戻った母さんがキッチンに立ち、なにかを作っていた。色とりどりの温かい湯気が、そっとわたしを毛布のように包み込んだ。

「おはよう」

わたしが声をかけると、母さんがいきなり言ったのだ。

「とわ、お誕生日、おめでとう！」

「お誕生日って？」

これまでのわたしの人生に、お誕生日なんて存在しなかった。だからわたしは、意味がわからなかったのだ。

「今日は、とわが生まれた記念すべき日なのよ！　お母さんね、とわを十年前にうんだの。十年前の今日、お母さんととわは〈とわのあい〉で結ばれたの」

けれどそんなことを言われても、わたしにはやっぱりよくわからない。ぽかんとしていると、

「はい、お母さんからとわへの、お誕生日プレゼントよ！」

今度は大きな包みを渡された。

「開けてみて」

母さんがわたしの顔に近づいてきて言う。

わたしはその場にしゃがんでプレゼントを床に置いた。早くオムツをなんとかしたかったけど、今はプレゼントを開ける方が先だった。表面がつるりとした包装紙には、リボンがかけられている。

「何色のリボン？」

わたしがたずねると、

「とわのだーい好きな色よ」

母さんがはしゃいだ声で言う。その答えで、わたしはそのリボンが黄色なのだと理解した。

その頃、わたしは黄色が好きだった。黄色は、お日様の色だと、以前、母さんが教えてくれた。お日様の光に手のひらを当てると、ぽかぽかする。黄色は、イメージしやすい色だった。わたしが好きなオムライスの卵も黄色だし、たんぽぽも黄色、ローズマリーがはいている下着にも黄色のボタンが縫いつけられていた。

わたしは、黄色いリボンで結ばれているであろうプレゼントを、まずは手のひらで吟味する。それから、リボンの端を手探りで見つけ出し、それをゆっくりと引っ張った。

みるみる結び目がほどけ、リボンはそれまでのお行儀のよい形を失い、一本のだらけたひもになる。

わたしは、時間をかけて固く結ばれた結び目を自力でとき、包装紙からリボンを外した。せっかくの長いリボンを切りたくなかった。

包装紙に付けられたシールやテープを上手にはがすのは難しかったけれど、それもなんとか自力でこなした。包装紙の中から現れたのは、きめ細かい泡のような手触りの、ワンピースだ。

「どうかしら？　とわにきっと似合うと思って、お母さん、じっくり選んだんだけど」

母さんが、わたしの前髪をかき分けながら耳元でささやく。

わたしは、ワンピースを床に広げ、その全体像を確かめた。袖は短く、その袖は花のつぼみのようにふっくらしている。生地は、とろりとした質感で、まるでなめらかな水の表面に触れているようだった。首元にはレースのような襟がついていて、いつだったか母さんがわたしに作ってくれた花のかんむりを思い出させた。袖口にも、ういういしい草花のような手触りのレースがあしらわれている。そして胸元には、縦にたくさんのフリルがついていた。

「大好き」

わたしは、うっとりとしながら言った。

「あー、良かった。ホッとしたわ。お母さん、とわが気に入ってくれなかったらどうしよう、って不安だったの」

母さんは、わたしのほっぺたを撫でながら言った。

「とわは、このお洋服がきっと似合うわ」

ワンピースの色は、あえて母さんにたずねなかった。少しは気になったけど、でも色なんて、もうどうでもいいことだった。ただ、きっと母さんのことだから、にびいろのワンピースを選んだんじゃないかという気がする。わたしが、もっとも似合う色だから。そして母さんが、いちばん好きな色もまたにびいろだったから。

それから、母さんは食卓いっぱいにご馳走を用意してくれた。わたしはその間に着替え、オムツも外し、髪の毛をとかした。誕生日をお祝いするということは、ある程度知識として知っていたけれど、自分にも誕生日が存在するという事実は、まさかというか、わたしにとって驚き以外のなにものでもなかった。

濡れたタオルで顔をすみずみまで拭きながら、ということは、母さんにも母さんの誕生日があるということだろうか、とふと思った。けれど、母さんにも母さんがいるなんていう話を、わたしはこれまでに一度も聞いたことがない。

それにしても、わたしには、十年という時間の長さが本当にわからなかった。黒歌鳥合唱団が何回朝を告げ、水曜日のオットさんが何回家のドアをノックしたら十年になるのか、想像もつかない。急に十歳と言われても、わたしは空を見上げ、途方に暮れるしかない。十歳になった実感など、まるでなかった。

食卓の上は、お花畑のように賑やかだった。

「これがイチジクのサラダでしょ、こっちがマッシュルームのスープでしょ、そしてこっちがとわの大好きなオムライスよ。オムライスはね、バースデースペシャルなの。それに、これからデザートも焼くわ」

張り切った調子で、母さんは言った。

「そうそう、音楽もかけなくちゃ」

母さんが、レコードに針を落とす。

こうして、わたしの十歳のお誕生日会が突如として幕開けした。途中、そうよ、お誕生日会なんだから、お友達も呼んであげなくちゃ、と母さんが言い出し、急きょ、ローズマリーが屋根裏部屋から連れ出された。

わたしと母さんが親密に食事をする様子を、ローズマリーが静かに見つめていた。ローズマリーは、飲むことも食べることもせず、ただじっと、わたしの隣で口を開けたまま佇んでいた。ローズマリーは、どうしても唇をきちんと閉じることができなかった。

母さんがデザートに焼いてくれたのは、チョコレートケーキだ。まだオーブンに入れる前の段階から、すでにキッチンには甘い匂いが立ち込めていた。

オーブンの中でチョコレートケーキが焼かれている間、わたしは幾度となく深呼吸を繰り返した。とわの庭の香りの木より、もっと強烈な、脳みそがとろけそうな匂いがする。わたしはオーブンの扉の前にしゃがみ込み、中のチョコレートケーキを空想した。

「とわ、危ないからそれ以上近づいてはダメよ」

もっとチョコレートの香りを強く感じたくて、わたしはつい、自分とオーブンとの距離を縮めてしまう。そのたびに、母さんがわたしに注意をうながす。そう言う母さんの声も、チョコレートみたいな甘い香りがした。

母さんはいつになく優しく、まるでそよ風のようだった。手の届く場所に母さんがいるという現実が、とにかくわたしに深い安らぎをもたらした。

なんていう幸福なのだろう。十歳の誕生日そのものが、最高の贈り物だった。

チョコレートケーキが無事に焼け、その熱が冷めるのを待つ間、母さんはわたしの髪の毛を切り揃え、それからふたりでお風呂に入った。母さんは、いつものように、わたしの体をすみずみまで洗ってくれた。わたしは、切ったばかりの髪の毛をシャンプーの泡に包まれながら、夢見心地を味わっていた。

「ハッピーバースデー　とわちゃん。ハッピーバースデー　とわちゃん。

ハッピーバースデー　ディーア　とーわちゃん。

ハッピーバースデー　トゥー　ユー」

わたしの後ろにしゃがみ込んだ母さんが、わたしの髪の毛を洗いながら上機嫌でうたっている。その頃になると、わたしには自分の誕生日という考え方が、すっかり肌に馴染んでいた。なんの疑いもなく、自分は今日から十歳なのだと思えるまでになっていた。

誕生日というのはなんて素敵な甘い香りのする日なんだろうとうっとりしかけた時、母さんが提案した。

「だから今日は、これからお出かけしましょうね」

お出かけ？　一気に胸に暗雲が立ち込める。わたしは反射的に口走った。

「いや！」

また、お留守番させられると思ったのだ。こんな素晴らしい日に母さんと離れてお留守番をするなんて、ありえない。

母さんは、わたしの勘違いをすぐに察したらしく、柔らかい声で言った。

「とわは、お母さんと一緒にお出かけしたくないの？」

「一緒に？」

思わず振り返って母さんの顔の方を凝視する。

「そうよ、これから着替えて、一緒に写真館へ行きましょう。ふたりの記念日だから。ね？　いいでしょう？」

母さんは、わたしの頭に散らばっていた泡を一箇所にかき集めながら言った。

「じゃあその前に、チョコレートケーキ、食べてもいい？」

わたしは自分の勘違いが少し恥ずかしくなり、それを誤魔化すためにあえて質問した。

「もちろんよ」

母さんが即答する。そして、

「今日は一日中、とわと一緒。とわのそばを、離れないわ」

と、優しい声で付け足した。

「だーいすき」

わたしはくるりと振り返って、母さんの胸に抱きついた。母さんの乳房の上に、自分のほっぺたをくっつける。そうしていると、わたしはこの上ない安堵感に包まれた。

お風呂を出て、下着姿のまま、母さんに髪の毛を乾かしてもらう。短くなったわたしの髪型を見て、母さんは何度も、かわいい、と褒めてくれた。髪の毛を切ってもらった日は、いつだって頭が軽くなった。

ドライヤーの熱ですっかり髪の毛が乾いたわたしに、母さんは言った。

「はい、じゃあとわ、ワンピース姿をお母さんにお披露目して」

まさか、あのワンピースを今日着ることができるなんて！　あれに袖を通すのは、もっと先のことかと思っていた。

「いいの？」

わたしはおずおずと、母さんの方を見上げてたずねる。

「いいに決まってるでしょ。だって、そのためにお母さん、ワンピースを探してきたんだから」

それから母さんが、わたしの頭からすっぽりとワンピースをかぶせ、背中のファスナーを上げてくれる。ふっくらとした袖口から伸びているであろう自分の腕を想像し、わたしは歓喜のあまり飛び跳ねたくなった。

「とわ、お願い、じっとしてて。後ろのリボンが、上手に結べなくなっちゃう」

母さんは、わたしの背中で大きなちょうちょ結びを作りながら、笑うように言った。胸元のひだにそっと指で触れると、そこから音が弾けて美しい音色が響いてきそうに思えた。いつも、母さんのお下がりの服ばかりだったわたしにとって、それは唯一の、自分のためだけに用意された真新しいお洋服だった。

こぼして汚すといけないからと、その日は、母さんがわたしの口にチョコレートケーキを運んでくれた。一応、お友達なのだからという理由で、母さんはローズマリーにもチョコレートケーキを切り分け、皿にのせて出していた。けれど、当然ながらローズマリーがチョコレートケーキを口にすることはなかった。

「はい、あーん」

母さんにうながされるたび、わたしは得意になって大きく口を開け、チョコレートケーキを出迎えた。幼児に戻ったようで気恥ずかしい気持ちもあったけど、それ以上に母さんに甘えられるという喜びの方が強かった。

「おいしい」

何度そう言葉にしたところで、母さんにはわたしの喜びの大きさと深さが正確に伝わらないのではないかと心細くなる。しっとりとしたケーキの中には、いくつものサクランボが隠されていて、ケーキには、生クリームが添えられていた。

母さんが口に入れてくれる小さなスプーンには、チョコレートケーキとサクランボと生クリームが、常にバランスよく寄りそっている。

「あんまり一度にチョコをたくさん食べると、鼻血が出ちゃうわね」

母さんはそんなことを口にしたけれど、母さんがわたしの十歳の誕生日を記念してわたしのために作ってくれたこのチョコレートケーキなら、わたしはいくらでも食べられそうだった。

実際、わたしは自分に出されたチョコレートケーキだけでは満足せず、ローズマリーに出された分もぺろりと平らげてしまった。この時ばかりは、黙ってチョコレートケーキを分けてくれるローズマリーに感謝し、友情のようなものを感じていた。

「さてと、そろそろ写真館に行く用意をしましょう」

ローズマリーの分のチョコレートケーキを食べ終えたタイミングで、母さんは言った。そうだった。わたしはこれから、母さんとお出かけするのだ。大好きな母さんと外を歩けるなんて、それこそ夢みたいだ。

あー、そっか。わくわくって、これのことなんだ、とわたしは思った。そして、家に帰ってまたチョコレートケーキを食べることを想像すると、ますますわくわくした。わたしの胸は、わくわくの怪獣ではち切れそうになっていた。

母さんも、入念におめかしをした。仕事へ出かける母さんの準備を察すると、わたしはいつだって悲しみに苛まれてしまう。けれど、今日はそうじゃない。わたしも一緒に行けるのだ。

自分の化粧が終わると、母さんはわたしを膝の上に座らせ、わたしにもお化粧をしてくれた。

「とわは、肌がきれいね」

わたしの顔に特別な粉を塗りながら、母さんはひとりごとのように言った。

「お母さんはね、きれいな女の子のお母さんになりたかったの。だから、とわが生まれてくれたことで、夢がかなったわ」

特別な粉からは、仕事に行く時の母さんの匂いがする。母さんは、わたしのまぶたに、ほんの少しアイシャドーも塗ってくれた。それから最後に、わたしの唇に紅を伸ばした。

わたしはまるで、自分がお姫様にでもなった気分で、自分の顔を思い浮かべてうっとりした。母さんが髪の毛を櫛でとかし、それからわたしの頭にカチューシャをはめてくれた。カチューシャには、クロウタドリの羽根飾りがついている。もしもわたしの目が見えていたら、わたしは自分の姿を鏡に映した瞬間、喜びのあまり気絶してしまっていたかもしれない。けれど、幸か不幸か、わたしはその時、自分自身の姿を、脳裏に想像する以外、見ることは叶わなかった。

「さぁ、できた」

母さんが、満足げな声を上げる。

「行きましょう。急がないと、写真館が閉まってしまうわ」

それから、そわそわとした足取りで、玄関へと向かう。そして、わたしより一足先に靴を履こうとして、弱々しい悲鳴を上げた。

「ないの。靴がないわ。どうしよう」

母さんは、今にも消え入りそうな声でつぶやいた。けれど、それで問題がなかったのだということを、それからほどなく、わたしと母さんは共に思い知ることとなった。

結局わたしは、母さんの腕に抱っこされる形で家を出た。それまで長く外へ出かけたことがなかったわたしは、靴を持っていないどころか、履いたことすらなかったのだ。水曜日のオットさんにリクエストする生活必需品のメモにも、わたしの靴が書き込まれたことは一度もなかった。


母さんに抱っこされ、上機嫌でいられたのは、家を出てからほんのわずかな時間しかない。外の世界には、わたしの想像をはるかにこえて、得体の知れない音があふれていたからだ。

車のクラクション、バイクのエンジン音、犬の声、すべてがわたしを名指しで攻撃する。わたしは、怖くて怖くて、最大限の力を込めて母さんの胸にしがみついた。少しでも母さんとの間にすき間が生じようものなら、そこに音が割り込んで、永遠に母さんから引き離されてしまいそうで恐ろしかった。

きわめつきは、ヘリコプターの音だった。そんな大きな音を、わたしはそれまでに聞いたことがなかったのだ。上空にヘリコプターがやって来ると、母さんはその場所にうずくまって、わたしを音から守ってくれた。自らの手でわたしの両耳にふたをし、少しでも音を小さくしようとしてくれた。

「せんそう」

わたしは思わず、母さんの耳元で口走った。もしかして、これが物語で読んだ戦争のことかもしれない、それだったら早く逃げなくてはと思った。

「大丈夫よ、とわ。戦争じゃないわ。ただヘリコプターの音がうるさいだけ」

母さんは、音に負けじと声を張り上げて言ったけれど、それでもヘリコプターの爆音にはかなわない。音が遠ざかるのを辛抱強く待ってから、母さんは、今度はわたしを背中におんぶした。

母さんは、早く写真館へ行かなくてはいけないと焦っていたのか、まるで何かから逃げるように小走りになった。心臓がドキドキする。一秒でも早く静かな場所に行きたいと、わたしはそれだけを願っていた。

恐怖は、後から後から追いかけてきて、わたしの皮膚の下へと潜り込み、膨張し、わたしを羽交いじめにする。わたしは、何本もの音の鎖に体を縛られ、息すらもできなくなる。助けて、と体が無言の悲鳴を上げるたび、口元から嗚咽がもれた。

結局、母さんがわたしをおぶって写真館の中に入った時、わたしは泣くことしかできなくなっていた。泣く以外に、その時のわたしの感情を表してくれる行為は何ひとつ見つからない。いくら母さんがわたしを椅子の上に座らせようとしても、わたしは決して、母さんの背中から離れなかった。自分の意思でそうしたのではなく、体が勝手に動かなくなってしまったのだ。母さんがわたしを背中から引きはがそうとするたび、両手で母さんの首にしがみついた。

「記念写真をお願いします」

写真館の人に、母さんは途切れ途切れの息で言った。

結局、わたしは再び母さんの上半身に抱っこされる形になった。写真館のおじさんが、母さんに写真の大きさや料金の説明をする。その間もずっと、わたしは泣き続けた。声が枯れても、枯れた声で泣き続けた。安心できる場所は、母さんの胸元しかなかった。母さんのこめかみや首筋からも、汗が流れ落ちていた。

もう二度と、外の世界になど足を踏み入れるものか。

わたしが安心して過ごせる場所は、家の中しかない。

わたしは、そのことを痛感した。一刻も早く、家に帰ることだけを願っていた。

「とわ、もう大丈夫よ、安心して」

母さんは何度もそう言ってわたしの背中を優しくさすってくれたけれど、音は、鳴り止むどころかますます大きく広がって、わたしに襲いかかってくる。せっかく母さんが、〈とわのあい〉の誕生を記念してわたしを写真館に連れてきてくれたのに、わたしは笑顔を浮かべるどころか、泣き叫ぶことしかできず、とうとう、写真館のシャッターまでがおろされてしまった。

母さんはなす術（すべ）がなく途方に暮れ、おじさんは待ちくたびれてあくびをした。わたしが泣き止むまで待とうという空気は、尻すぼみになってやがてついえた。

結局母さんは、カメラに背を向ける格好で背景の前に置かれた長椅子に腰かけた。

写真館のおじさんが、鈴やおもちゃのラッパを鳴らしたりして、わたしの気を引こうと必死だった。けれど、鈴やおもちゃのラッパの音は、ますますわたしを恐怖に陥れるだけだった。

「逆向きのポーズも、一枚、撮っておきましょうか」

写真館のおじさんが、ちょっと遠慮がちに母さんに提案したのを覚えている。けれど、母さんはその提案を拒否し、泣きじゃくるわたしを再び胸に抱き、そそくさと写真館を後にした。

音が怖いということを、わたしは母さんにうまく言葉で伝えられたのかどうか、わからない。けれど、母さんは来たのと違う道を通って帰ってくれた。そのことは、道路にただよう匂いの違いでなんとなくわかった。帰りの道は川沿いの遊歩道で、少しどんよりとした水の匂いがしていたから。そこは、来た時の道よりずっと静かで、わたしをだいぶ落ち着かせた。

家に帰ると、わたしはそのままベッドに寝かされた。化粧も落とさず、ワンピースもそのままだった。ただ、化粧はすでに、泣いたことで大半が流れ落ちてしまっていたのかもしれない。涙を口に含むと、いつもとは少し違う、よそよそしいような味がした。

とにかく、わたしは疲れ果てていた。ふだん、わたしは滅多に泣かない子どもだったので、泣くことで体力を消耗したのだろう。恐ろしい音を思い出すたび、わたしの体はぶるぶるると震え上がった。

震えるわたしの横で、母さんが「いずみ」を読んでくれる。本当は最後まで聞いていたいのに、わたしのまぶたはすぐに重たくなった。ネムリヒメグスリも飲んでいないのに、わたしは足に重石をくくられて湖の底へと沈んでいくように、深い眠りへといざなわれた。

母さんの声なら、少しも怖くないのにと思いながら。

これが、記念すべき十歳の誕生日の出来事だった。

翌日、黒歌鳥合唱団はとわの庭で見事な朝のコンサートを開いた。まるで、一日遅れで、わたしの誕生日を祝福してくれているようだった。けれど、母さんはその歌声が聞こえても、起き上がらなかった。次の日も、そしてその次の日も、母さんはベッドに伏せっていた。

せっかく母さんがわたしとお出かけして写真館へ連れて行ってくれたのに、わたしが泣きわめいて、台無しにしてしまったからだろうか。母さんはそんなわたしに嫌気がさして、わたしのことを嫌いになってしまったのだろうか。

そんなことを想像すると、わたしはむしょうに悲しくなった。

母さんが、これから先もう二度と起き上がらなかったらどうしよう。そんな想像を巡らせるだけで、わたしは不安でいてもたってもいられなくなる。

もしかしたら、母さんは病気で、誰かに助けを求めた方がいいのかもしれない。

そんな時だった、家の勝手口がノックされたのは。

コン、コン、コン。

水曜日のオットさんだ。わたしは、ゆっくりと立ち上がった。それから、床に散らばっているあれやこれやをつま先でかき分け、勝手口の方へ忍び寄る。

オットさんなら、母さんを助けてくれるかもしれない。けれど、わたしは声が出せない。だって、あれだけ母さんに念を押されていたのだ。だれが来ても、たとえオットさんでも、返事をしてはいけません、と。外出をする時、母さんは、いつだってそう言っていた。だからわたしは、母さんの言いつけを破るわけにはいかなかった。

オットさんの足音が遠ざかっていってからも、わたしはしばらくその場に立ち尽くした。それから、音を立てないよう静かに忍び足で歩いて、母さんのいるベッドへと戻って目を閉じる。

キッチンに行ってみると、流しには、洗い物がうずたかく積みあげられていた。誕生日の宴の跡はわたしと母さんがお出かけした時のまま、テーブルにはチョコレートケーキがそのままになっていた。

おなかがすくと、わたしはチョコレートケーキを手づかみでかじった。いつまでこの状態が続くのかわからないから、少しずつ食べなければいけないのだと、頭の片隅では理解していた。けれど、チョコレートケーキはあっという間にわたしになってしまう。

その間も、わたしは幾度となく母さんの鼻先に手のひらをかざし、母さんがちゃんと息をしているかを確かめた。そしてそこに、ささやかな風の流れを感じては安堵した。

わたしは、少しでも母さんの役に立てるようにと、散らかり放題になっているキッチンの床を片付けたり、ローズマリーを定位置の屋根裏部屋に戻したり、流しに押し込められている食器や調理器具を水で洗ったりした。けれど、目の見えないわたしがやることには、限界があるのもまた事実だった。

やれることをやり尽くしてしまったわたしは、屋根裏部屋に上がり、ローズマリーとソファに寝転がって、そこから空を見上げた。久しぶりによろい戸を開けると、しっとりと濡れたような甘やかな風が、わたしの額にそっと触れて口づけする。わたしも、甘い風にお返しのキスをした。以前、ローズマリーとしたキスよりも、こっちの方がずっと楽しくて心地いいと感じながら。

母さんがようやくベッドから起き上がったのは、水曜日のオットさんが来て、それから三回、黒歌鳥合唱団が朝を告げた後だった。

「とわ、どこにいるの？　とわ？　とわ？」

その時もわたしは、ローズマリーの隣で横になりながら、空を見ていた。きっとお天気がいいのだろうということは、手のひらに当たる光の強さでだいたい察することができる。光にもうっすらと匂いがあると知ったのは、ちょうどこの頃だった。

母さんの声に、わたしは勢いよく飛び上がった。それから、足を踏み外さないよう慎重に階段を降りて、母さんが寝ているベッドに向かう。

「良かった。お母さんがこのまま目を覚まさなかったら、とわ、どうしようって」

わたしが言いかけると、

「大丈夫よ、そんなこと、絶対におきないから。とわとお母さんは、〈とわのあい〉で結ばれているもの」

母さんは、小さな声でささやいた。

「おいで」

母さんが布団を持ち上げてくれたので、わたしはするりと母さんの横に潜り込む。それから、母さんの胸にぎゅっと両手で抱きついた。

「ごめんなさい。せっかくお母さんとお出かけしたのに」

思い出すと、悔し涙があふれてくる。

「とわは、気にすることないのよ。それに、お母さんは幸せだったもの。とわとお出かけすることができて」

「本当に？　お母さん、本当に幸せだったの？　とわのこと、怒ってないの？」

嫌いになっていないかとは、さすがに怖くて聞けなかった。

「怒るわけないでしょう？」

わたしの頭を撫でながら、母さんは言った。

「だけど、とわは、お母さんとこうしているのが、いちばん好き」

お出かけよりも、母さんとふたりっきりでいられれば、わたしはこれ以上の幸福など、これっぽっちも望んでいなかった。そう自分自身で気づけたことが、お出かけの唯一の収穫だったかもしれない。もう二度と、わたしは母さんとお出かけしたいなんて、望まない。

「この家は、とわとお母さんの、お城ね」

母さんの声に、わたしはこくんと頷いた。

「とわ、ずっとこの家にいる」

わたしは、母さんに宣言するつもりで言った。

「ずっとずっと、お母さんとこの家で暮らす。ね、いいでしょ？」

「いいもなにも、ここはとわのお家でしょ。とわの庭は、とわのものよ」

母さんは言った。それから母さんは、ふと思い出したように、オットさん、と口走った。

「早く中に入れなくちゃ」

数日間外に放置されていたせいで、オットさんが届けてくれた食材のほとんどは、ダメになってしまっていた。特にバターは、すっかり溶けて形をなさない状態になっていた。

「せっかくマドレーヌを作ろうと思っていたのに」

そう言いながら、母さんは泣いた。ダメになってしまった食材を前にして、さめざめといつまでも涙を流した。わたしは、母さんの頬に伝う涙を手のひらで拭って、それを口に含むことしかできなかった。母さんの涙は、ほんのり甘くて、でも少しだけ苦い味がした。

「働かなくちゃね。やっぱりお金がなくちゃ、とわとふたりで生きていけないもの」

それが、この後の母さんの口癖になった。

それから母さんはまた、取りつかれたように仕事に精を出すようになった。わたしには、お留守番やオムツやネムリヒメグスリが日常になった。最初はあれほど穿くのに抵抗があったオムツも、次第にオムツをしていない状態の方を不安だと感じるようになる。ネムリヒメグスリも、当初は一粒でぐっすり眠れたのに、だんだん一粒では効かなくなってきた。出かける前、母さんはわたしの口に三粒や四粒、多い時では五粒ものネムリヒメグスリを詰め込んだ。中に蜜の詰まったキャンディーは居場所を失い、代わりにわたしはコップに入れられた水を手渡された。

悲しかったのは、わたしの体が少しずつ大きくなって、ある日、十歳の誕生日祝いにと母さんがプレゼントしてくれたワンピースが、入らなくなってしまったことだ。どんなに食べる量を少なくしても、おなかを引っ込めても、わたしの腕が袖の向こう側へ伸びることは不可能となった。

ふだんの生活でそのワンピースを着ることはなかったけれど、そのワンピースに袖を通せば、わたしはどこへでも旅をすることができた。母さんが忙しくなり、本を読んでくれる回数がめっきり減った今、わたしを別の世界へと連れ出してくれるのは、ワンピースだけだった。ワンピースが魔法の絨毯となり、わたしを遠い空へと運んでくれた。けれども う、魔法は使えない。

小さくなーれ！　もっともっとわたしの体が小さくなーれ！

わたしは呪文を唱えるように、自分の体が小さく縮むことを毎晩祈った。朝起きて、体が小さくなっていることを。それがわたしにとっての、最大の、かつ、ささやかな夢だった。

わたしの体があのワンピースに収まらなくなる頃から、母さんはたまに壊れるようになった。それはもう、壊れるという言葉でしか言い表せない。

母さんが仕事に出かけた後、キッチンの流しにたまった食器を洗う。洗った時、ついうっかり床に水をこぼしてしまう。その水たまりを、帰宅した母さんのつま先が発見する。そうすると決まって、母さんの手が伸びてくる。

母さんは、何も言わない。何も言わないかわり、手だけが激しく感情的になって、わたしの頬や頭に向かってくる。

「ごめんなさい」

大きな声を出すとますます手が飛んでくるから、わたしはひざまずいてうめくように母さんに詫びる。詫びて、許しを請う。わたしはとにかく、この嵐が少しでも早くしずまることをひたすら願う。あとは、何も考えない。痛くても、その痛みに「痛い」という具体的な言葉を与えない。苦しくても、その苦しみに「苦しい」という感情を当てはめない。とにかく、自分をなくして、透明人間になってやり過ごす。そうすることが、いちばん楽な方法だとわかったから。

だって、目の見えないわたしが抵抗したところで、所詮、母さんにかなうわけがない。より事態を複雑にし、母さんの感情を害するだけだもの。

それに、わたしはわかっていたのだ。嵐が、いつかはおさまることを。

嵐がしずまる予兆。それは、母さんの懺悔だった。

「ごめんね、とわ、ごめんね。こんなお母さんでごめんね。とわ、許して。お母さんを、許して。お母さん、とわのためになんだってしてしてあげるから」

母さんは毎回、涙ながらにわたしに言った。

「お母さんは、悪くないよ。とわが、全部悪いの。飛び散った水をきちんと拭かないでそのままにしちゃったから」

その段階になると、忘れていた痛みが急に存在を自己主張するようになる。わたしは、痛い部分に自分の手のひらを当てて痛みを和らげながら、もう一方の手で母さんの頬に伝う涙に触れる。もう、わたしのスカートのポケットにアイロンのかけられた清潔なハンカチが入っていることはない。

「どうしてとわはそんなにお母さんに優しくしてくれるの?」

母さんはますます泣きながら、わたしの胸に顔を埋める。わたしは立ち膝の格好になり、小さな胸に精一杯母さんの頭を抱きかかえ、母さんの頭をそっと両手で包み込む。いつからか、立場が逆転するようになった。

「とわ」

「お母さん」

「お母さん、もっともっといいお母さんになりたい」

「もう十分、お母さんはわたしにとって最高のお母さんだよ」

だからもう泣き止んで、という言葉を、わたしはそっと喉の奥へしまい込む。こういう時、母さんを決して急かしてはいけないということも、わかっていた。わたしは、嵐がもう絶対に後戻りできないところまで立ち去るのを、辛抱強く待つしかない。

だって、嵐の後には、決まって平和が訪れるのだから。それが自然の法則なのだから。母さんは、ふだんの母さん以上に優しくなり、わたしの望みを叶えてくれる。物語を、読んでくれる。

わたしは、母さんと同じベッドにくっついて寝そべり、寝ても覚めても、物語の中を旅した。食事やトイレなど、必要最小限の行動以外はベッドから出ず、母さんが読んでくれる物語に、耳を、いや、体全部を傾ける。これが、わたしにとってのご褒美だった。

わたしは、嵐のことなどすっかり忘れて、物語の世界に埋没した。母さんの声は、わたしを物語へといざなう優しい糸だった。

本の扉を開く時、母さんはいつも、目を閉じて、とわたしに言った。

わたしの瞳は、もうずっと前に閉じられているのに。

それでも母さんは、毎回わたしに、目を閉じて、と優しくささやく。

わたしはそっと、心のまぶたの幕を下ろす。

そうすると、柔らかな暗闇が忍び足でやってきて、わたしを違う場所へと連れて行ってくれる。

荒れ狂う嵐と、甘美な蜜月。

背中合わせのふたつの営みを交互に繰り返しながら、わたしと母さんは同じ場所をくるくると回り続けた。

けれど、いくら待っても、十一歳の誕生日は訪れなかった。もしかすると、誕生日というのは十年に一回お祝いするものなのかもしれない。けれど、二十歳の誕生日というものも、やっぱりわたしには訪れなかった。

いや、そもそもわたしはまだ、二十歳になっていなかったのかもしれない。時間の流れという感覚がないので、わたしは自分が今何歳なのかを知らない。

時間というのは、そこに何かしらの出来事があって初めて、それと対比する形で輪郭が浮かび上がってくる。でもわたしには、時間を感じるための出来事が極端に乏しかった。全くなかったわけではないけれど、わたしの人生には、本来は平坦なはずの時間というものに、凹凸をつける出来事がほとんどない。

一歳、二歳、と年齢が重なっていくのだという感覚も、頭ではわかっても、自分の身に置き換えて想像するのは難しかった。わたしにとっては、今わたしがここにいるという事実だけがすべてで、そのことを客観的に見たり裏づけたりする必要は全くなかった。

時間というものは、川の流れに似たなにかではなく、ただそこにあるもの、混沌とした渦そのものだった。寄せては返す波の上に背中を預け、無抵抗のまま、ただただ手足を投げ出し、たゆたうものだった。時には砂浜に打ち上げられることもあるけれど、日がな一日太陽の下に身を投げ出していれば、やがてまた波がわたしをお姫様抱っこするように、海原へと押し戻してくれる。時間というのは、てっきり万人にとってそういうものだと思っていた。

黒歌鳥合唱団のコーラスと水曜日のオットさんの訪問を正確に記録していれば、ある程度の時間の経過は把握できたのかもしれない。けれど、わたしには、それをする必要が全く見出せなかった。わたしには、将来とか予定などと呼べるものが何ひとつ存在しなかった。だから、当然のようにそんなことはしていなかった。

だけど、わたしにはやっぱりわからない。何が、それまでと違ったのか。どうして、そんなことになったのか。

考えても考えても、答えは出ない。ただ、厳然たる事実だけがそこにでんと居座っている。

「いとしのいとしのいとしのとーわちゃん、おやすみなさい」

母さんはそう言うと、いつものようにわたしの口の中へネムリヒメグスリを入れた。その時の正確な数は思い出せないけれど、おそらく、四粒前後だったと思う。それから、わたしの目元にかかった前髪を耳の方へと流すように、数回、おでこを撫でつけた。

目を閉じると、眠り王が仁王立ちになってわたしを待ち構えていた。わたしは眠り王にぐいっと手首をつかまれ、眠りの間へと連行される。

その頃、わたしの体に眠り王という確かな存在が住み着いていた。眠り王は、少し乱暴な口調でわたしに命令する、睡眠を牛耳る王様だった。夢を見たかどうかは覚えていない。

その後、わたしは黒歌鳥合唱団のコーラスで目を覚ました。けれど、家の中がやけに静まり返っている。ふだんは生活音がするはずなのに、まるで家ごと密閉されたように物音が聞こえなかった。

「お母さん？」

呼んでも、返事がない。

「お母さーん」

わたしは、さっきよりも少し声を強くする。けれど、やっぱり返事がない。ネムリヒメグスリを飲んで、次に目が覚めて母さんがいないことなど、今まで一度もなかった。

「お母さん、お母さん！」

わたしはベッドから体を起こし、大声で叫んだ。本当は、大きな声を出すと母さんが壊れて、怖い手がのびてくることを知っている。けれど、わたしにとっては母さんの不在の方が、もっと大きな、得体の知れない恐怖だった。

それにしても、この静けさはなんなのだろう。大きな物音が、わたしにとって暴力に等しいものだということは、十歳の誕生日に思い知らされた。やすやすとわたしを羽交いじめにし、息をできなくさせる。けれど、完全な静寂もまた、わたしを不安に陥れるものだった。

まるで、自分だけがこの世界にたったひとりで取り残されたような心細い気持ちになる。ささやかな生活音に混じって母さんの声がする状態。それが、わたしにとってはもっとも居心地がよく、安らげる環境だった。

自分がどれくらい寝ていたかなんて、もちろんわたしはわからない。わたしがあまりにも長く寝てしまったせいで、もしかすると母さんは、また仕事に出かけてしまったのだろうか。もしそうだとしたら、わたしはいくら眠り王を恨んでも恨みきれない。

わたしはベッドから起き上がり、トイレへと向かった。それからオムツをとって、また新しいオムツに穿き替える。以前は、お留守番の時以外、ふつうの下着をつけていた。けれど、洗濯が滞るようになり、替えの下着がなくなってしまってからは、普段からオムツを穿くようになった。

こうしておけば、わざわざ苦労してトイレまで足を運ばなくても、どこにいたって用を足すことができる。オムツは毎回、水曜日のオットさんが届けてくれるので、なくなる心配などない。

今では、トイレまでたどり着くのも大変なのだ。わたしは以前、いばらの道という表現を本の中で聞いたけれど、まさにここではトイレに行くまでがいばらの道だった。

寝室からトイレに行くには、階段を下りなくてはいけないのだが、その階段には、物が散乱している。わたしは、手すりにつかまって、慎重につま先で物を避けながら階段を下りていく。けれど問題はそこからで、得体の知れない大きなビニール袋が行く手を塞ぐので、わたしは思うように前に進めない。時に、ビニール袋から異臭がするし、中からガサゴソと不気味な音が聞こえてくる。

キッチンもまた、混沌としていた。足の踏み場もないどころか、今ではもう、流しの位置がどこかも、すぐに見つけるのが難しい状況なのだ。

母さんとお風呂に入って、体や髪の毛を洗ってもらったのも、最後がいつになるのか思い出せない。お風呂場の中にもまた、物やビニール袋があふれるようになり、それらをどこかに移してからでないとお風呂場が使えなくなってしまったからだ。

使用済みのオムツを捨て置き、わたしは階段を上がって二階へ行き、更に急な階段をよじ登って屋根裏部屋へと向かう。ソファには、相変わらずローズマリーがいて、わたしを柔らかな胸で受け止める。

「マリー」

わたしはローズマリーに小声で呼びかけ、質問する。

「お母さんは、どこにいるの？」

けれど、ローズマリーは相変わらず、返事をしてくれない。わたしは、ローズマリーがなにか言ってくれることをあきらめ、ローズマリーの小さく膨らんだ乳房に手のひらを当てる。こうしていると、なぜか落ち着くから。

わたしは、ローズマリーの手を自分の胸元に導いて、お互いに相手の胸を触りっこする。ローズマリーの手は少し冷たく感じることもあるけれど、その手を洋服の中に入れて直接乳房に触れさせると、手はだんだんぬくもってきて、柔らかくなる。そうしていると、ほんの一瞬だけど、母さんが今、この家にいないという現実を忘れることができた。

しばらくローズマリーと戯れてから、ふと思い立ってよろい戸を開ける。

窓から顔を出した時、わたしはようやく理解した。わたしがさっき耳にした黒歌鳥合唱団のコーラスは、朝を告げる声ではなく、一日の終わりを、つまり夕暮れを告げる声だった。朝と夜の空気の違いは、こうして直接顔が空気に触れると一目瞭然なのだ。

窓から手をのばすと、しっとりとした小雨が降っていた。小雨というより、霧に近い。わたしは大きく息を吸い込んだ。それから数秒間呼吸を止めて、今度は一気に息を吐き出す。そうすれば、わたしの息が、母さんに届くかもしれない。

母さんは、傘を持って出かけただろうか。もしかしたら母さんは、雨に降られてどこかで雨宿りをしているのかもしれない。

窓辺に立って深呼吸を繰り返していると、遠くの方から、犬の遠吠えがきこえてくる。おーい、おーい、と、張り裂けそうな声で吠えている。わたしも、あんなふうにおなかの底から声を張りあげて、母さんに、わたしがここにいることを知らせたかった。あの犬も、たったひとりでお留守番をさせられているのかもしれない。

「よかったね」

わたしは、ローズマリーに言った。わたしたちだけが、世界に取り残されていたわけではなかった。そのことに、ほんの少し胸をなで下ろす。少なくとも、わたしとローズマリー以外に、この世界にはあの犬もいるのだ。名前も、姿形も知らないその犬が、自分たちと運命を共にする同志のように思えた。

湿り気をたっぷりと含んだ夜風は、気持ちよかった。空の方へ顔を向けると、そこに細やかな水滴が触れる。わたしは何日も洗っていない顔を、空の涙にぬぐってもらう。

朝になれば、きっと母さんが帰ってくる。そうに決まっている。もしかすると、ネムリヒメグスリの効き目が薄れて、わたしがいつもよりも早く目覚めてしまっただけなのかもしれない。

帰宅した母さんは、わたしにパンケーキを焼いてくれるだろう。

わたしはそこに、たっぷりのバターとメープルシロップをかけて食べる。

食べ終わったら、母さんがわたしの髪の毛に櫛を通してくれる。

そしてわたしは、母さんと一緒にお風呂に入って、母さんが、わたしの体の隅々までを洗ってくれる。

ドライヤーで濡れた髪の毛を乾かしながら、機嫌のいい母さんがわたしに歌をうたってくれる。母さんは、わたしの髪の毛を三つ編みにして、きれいに結んでくれるかもしれない。

それから、母さんとわたしはベッドに寝そべり、母さんがわたしに物語を読んで聞かせてくれるのだ。この家にまた、穏やかな日常が戻ってくる。きっと母さんが帰ってきたら、すべてが元どおりになる。

「ね、マリーもそう思うでしょ?」

わたしはローズマリーに声をかけながら、わたしたちの体の上に毛布をかぶせた。

黒歌鳥合唱団の声がはっきりと聞こえるよう、わたしはよろい戸を開けたままにした。夜風が少し寒かったけど、ローズマリーの体にしっかりとしがみつき、頭から毛布をかぶると、温かくなる。

こうしてわたしは、黒歌鳥合唱団がとわの庭にやって来るのを待ちわびた。必ずや、黒歌鳥合唱団が母さんをここに戻してくれると信じていた。

ほどなく、最初の一羽がやって来て、続いて次の二羽目も到来する。二羽のクロウタドリが、わたしのすぐ耳元で、朗らかにわたしに朝の到来を告げる。わたしは、母さんの帰宅がすぐに察知できるよう、耳を大きく広げてその瞬間を待つ。待ちわびて、母さんが帰ってきたら、子犬のように飛びつくつもりだった。

いちにち。ふつか。みっか。よっか。

わたしは、ただひたすら、母さんが玄関のドアを開けて帰ってくる瞬間を待った。けれど、どんなに黒歌鳥合唱団が見事なコーラスを披露しても、母さんがこの家に戻ってくることはなかった。

もしかしたら、事故にあったのかもしれない。車にはねられて、救急車で病院に運ばれたのかもしれない。

もしくは、母さんが誘拐された？

一瞬でもそんなことを想像すると、わたしは居ても立ってもいられなくなる。早く母さんを助けなくては、早く母さんの元へかけつけなければ、そう焦る気持ちばかりが先走った。

だけど、わたしはやっぱりこの場所から動けない。まるで、足の裏に強力な接着剤がついているみたいに、ここから出ることができない。それが母さんとの約束だし、第一わたしは、四方八方から恐ろしい音のする外の世界へ、たったひとりで飛び込むなんて不可能だ。だからわたしは、ここで母さんの帰りを待つしかない。わたしにできるのは、ひたすら待つことだけ。

コン、コン、コン。

水曜日のオットさんが、勝手口のドアを叩く。

オットさんなら、母さんに関して何か知っているかもしれない。事情を話したら、わたしを母さんのところまで連れて行ってくれるかもしれない。

けれど、やっぱり声を上げることはできない。わたしはただただその場に固まって、オットさんの気配が消えるのを、息を潜めて静かに待つ。

それから少しして、電話が鳴った。わたしは、電話に手をのばす。生まれて初めて、電話に触れた。でも、その後どうしていいのかわからない。電話に触れたままじっとしていると、留守番電話のメッセージもオットさんの声も終わり、やがて電話は静かになった。

夜になり、勝手口をほんの少しだけ開けてそこから腕を出し、置かれているダンボールと袋を中に取り込む。母さんがいない以上、わたしがそれをやるしかない。

だって、わたしは空腹なのだ。

空腹だけをぱんぱんに詰めた風船が、おなかの中で今にも破裂しそうに膨らんでいる。

勝手口の鍵をしめてから、ダンボールの中身をあさり、そこにあるものを物色する。箱や、袋入りの何かや、カップ麺の中から、今すぐに食べられそうな物を選び出す。

この触り心地はパンに違いない。

袋を開け、夢中でかじりつく。案の定、菓子パンだった。中心に甘いジャムが入っている。

おいしい。

おいしすぎて、涙が出そうになる。

わたしは我を忘れて菓子パンにかじりつく。刺激された胃袋が、更なる食料を要求する。

わたしの胃袋はブラックホールと化し、ありとあらゆる食料を、次から次へ飲み込んでいく。わたしは決して満腹にならないどころか、ますます空腹で狂いそうになる。ジャムパンの次におにぎりを、おにぎりの次にチョコレートを食べながら、ひとつ、思い出したことがあった。

母さんがあの日、爪を切ってくれたのだ。あの日というのは、母さんがいなくなった日だ。出かける少し前、母さんは伸び放題になっていたわたしの爪を切ってくれた。両手と両足、全部合わせて二十枚あるわたしの爪。その一枚一枚に爪切りの刃を当てて、わたしの爪を短くした。

爪の間に入り込んだチョコを食べようとして、今ふと、そのことを思い出したのだ。

「お母さん」

わたしの爪を切ってくれた母さんは、今、どこで何をしているの?

それからわたしは、布団にもぐった。歯なんか磨かない。磨けるわけがない。歯ブラシも歯磨きペーストも、とっくの昔にオットさんが届けてくれる生活必需品リストから姿を消している。でも、そんなことはどうでもいい。

布団にはまだ、母さんの匂いが残っている。こんなに長く母さんと離れているなんて、初めてだ。生まれた時から、ずっと母さんがそばにいてくれた。わたしは背中をうんと丸め、ベッドの中にうずくまる。自分の匂いと母さんの匂いが入り混じる空気の中から、母さんの匂いだけを探し出し、それをひとかけらも残さず体に吸い込む。母さんが、わたしの体に入ってきて、わたしと母さんはひとつになる。

母さんに会いたい。母さんに会いたい。今すぐ母さんに会いたい。母さんに会って、抱きしめてもらいたい。

夢でもいいから、母さんに早く会いたかった。

今朝も、黒歌鳥合唱団が朝を告げにやって来る。

以前なら、朝が来るのが楽しみだった。待ち遠しかった。わたしも、クロウタドリに混じって、歌をうたいたかった。けれどもう、その声が聞こえても、わたしは起き上がれない。

いつか母さんが読んでくれた物語に、そんな主人公がいたのを思い出す。その青年は、戦争で家族と片目を失った。その上、親友に裏切られた。せっかく戦争が終わったのに、青年はそのことを喜べない。絶望し、一日中ベッドに横たわっている。

わたしも彼を真似して、一日中横になってみようか。そうすれば、少しは空腹が紛れるかもしれない。おなかが空いている時に体を動かせば、もっとおなかが空くだけだ。

この間オットさんが届けてくれたダンボールに入っていた食料は、大方を食べ尽くしてしまった。けれど、わたしが全部食べ尽くしてしまったら、母さんの食べる分がなくなってしまう。だから、バナナはまだ一本だけ取ってある。

目をぎゅっと閉じて、眠り王を呼ぶ。けれど眠り王は、わたしが来てほしい時に限って、姿を現さない。わたしは、悶々としながらオットさんが来るのを待つ。水曜日だけが、わたしに確実な希望をもたらしてくれる。オットさんにまた同じ物を持ってきてもらうため、わたしは自分が食べた食品の包装紙の一部を缶に詰め、オットさんにリクエストした。

水曜日のオットさんが来て数日は、食料があるのでなんとか飢えをしのげた。けれど、日曜日を過ぎ、月曜日や火曜日になると、ひもじさのあまり、わたしは自分の髪の毛や爪さえも食べてしまいたい衝動に襲われる。

たまに曜日を数え間違えて、一日早くオットさんが来てくれる時があった。そんな時は、飛び上がるほど嬉しい。けれど逆に、目星をつけた日からもう一日か二日待たなくてはいけない時など、それこそ地獄の苦しみを味わう。わたしは、バナナの皮すら口に含んで咀嚼し、その残り香で飢えをしのぐはめになる。

昼も夜も、なくなった。いや、なくなったわけではなく、わたしがわからなくなったのだ。黒歌鳥合唱団のコーラスにも、もう以前のようには体が反応しない。時計の長い方の針は退化してやがて朽ち果て、わたしに時間の流れを告げるものは、水曜日のオットさんだけになった。

それでも、調子がいい時は、屋根裏部屋に行き、よろい戸を開けた。それから、ローズマリーと並んでソファに寝そべり、日がな一日空を見ていた。以前は明るい空を見るのが好きだったけれど、最近は夜の空の方が自分に近しいような気がする。

星というものを、わたしは実際にこの目で見たことがないけれど。

とてつもなく美しいものだということは、なんとなく想像がついている。

もしも、また母さんと会えるなら、わたしは夜空の星たちを全部この手でかき集めて、それをつないで母さんの首にプレゼントしたい。

雪が降ったのは、水曜日のオットさんの配達から四日後、日曜日の朝だった。その日は黒歌鳥合唱団の活動もお休みだったので、正確には朝だったのかわからないけれど、とにかく目が覚めたら雪が降っていた。これまでにも数回、雪が降ったことはあった。だから、雪がどんなものかは知っているつもりだ。

「とわ、わかる？　お外に雪が降っているわ」

母さんはその時、いつもよりもちょっとだけ華やいだ声で言った。

「ゆき？」

「そうよ、寒くなると、雨が凍って、それが雪になるの。雪はね、白いの」

そう言われても、わたしにはちんぷんかんぷんだったけど。

雨なら知っている。雨が降ると、屋根が賑やかになるし、空気の匂いも変わるから。けれど、それが凍って白くなるというのが、わたしにはよく想像できない。

「今、お母さんが雪をとわに持ってきてあげる」

母さんはそう言うと、玄関から外に出て行った。それから、とわの庭に落ちていた一輪の椿の花を持ってきて、それをわたしの手のひらにのせた。

「わかる？　ここに、雪が積もってるの」

母さんは、わたしの指先をゆっくりと導き、椿の花びらの上に積もった雪に触れさせた。

「つめたーい」

わたしは言った。確かにそこには、水とは違う、うんと冷たい、けれど柔らかな何かがあった。鼻を近づけて匂いを嗅ぐと、土を凝縮させたような大地そのものの香りがする。

わたしが指先で触っているうちに、雪はみるみる形をなくし、溶けてしまった。わたしは自分が雪に宿っていた息の根を止めてしまったようで、申し訳ない気持ちになる。気がつくと、母さんの手のひらには椿の花だけが残されていた。

その時のことを鮮明に思い出しながら、よろい戸から手を出し、桟に降り積もっていた雪を丁寧にすくって、手のひらにのせる。冷たかったが、同時に温かくも感じた。ふっくらしていて、綿のようにふわふわする。

ふわふわ。

手のひらの雪から、すべすべの母さんの太ももの内側へ、わたしの想像の翼が一気に飛んだ。

手のひらに顔を近づけて、雪にあいさつした。わたしにとって、あいさつとは相手の匂いを嗅ぐことだ。それからゆっくりと舌をのばし、雪の一部を口に含む。

わたしは、空を丸ごと食べているような愉快な気分になる。ごくりと飲み込むと、体の中心に冷たい雪のトンネルができた。わたしは何か、空からとても貴重な贈り物をもらったような気分だった。

わたしは、とても久しぶりに安らぎのようなものを感じていた。雪が降り積もったことで、すべての音の角がとれて丸くなって聞こえることも、わたしを安心させてくれた。わたしには雪が、世界をすっぽりと覆う毛布のように思えた。

毛布の下には、わたしもいるし、母さんもいる。わたしと母さんは、同じ毛布の下にいる。白を知らないわたしだったけれど、雪に触れていると、白い色が見えそうな気がする。それはとてもまぶしくて、キーンと高い音を発する、正しさだけが詰まった色だった。

相変わらず、わたしはひもじかった。

毎日毎日ひもじくて、基本的にはいつも食べ物のことばかり考えていた。水曜日のオットさんだけが、救いの神だった。

けれど、卑しさを積み重ねるだけのそんな毎日にも、新たな出会いがある。それは、とわの庭の木々たちだ。彼らが、わたしに話しかけてくれるようになったのだ。香りという魔法の言葉で。

ある日、よろい戸を開けると、ふと、それまでになかった香りが鼻先をかすめた。ひんやりとした冷たい空気に混じって、気品のある爽やかな香りが流れてきたのだ。控えめというよりは、しっかりと自己主張し、まるで、ここにいるよ！　とわたしに呼びかけてくれているようだった。

わたしはしばらくの間、よろい戸から顔を出して、その木とおしゃべりした。その時はまだ、はっきりと木々の声を言葉に置き換えることはできなかったけれど、とにかくその木が、わたしに、わたしは決してひとりぼっちではないのだと教え、肩を叩いて励ましてくれたのだ。

ありがとう！

わたしは、心の声を思いっきり張り上げて、木にお礼を伝えた。

どういたしまして！

すると、

また遊ぼうね！

という声がした。

それまで、かろうじて友達と呼べる相手はローズマリーだけだった。でもついにわたしにも、ローズマリー以外の友達ができたのだ。

その香りを嗅いでいると、気分がすっきりし、母さんが家にいた、平和な時間を思い出した。

同時に、一時期おとなしかった黒歌鳥合唱団も、再びとわの庭にやってきて、美しい歌声を披露するようになった。

春になったのだ。

とわの庭の友人たちは、入れ替わり立ち替わり、まるで季節というリレーのバトンを受け渡すように、香りの言葉でわたしに話しかけてくれる。わたしには、それが最大の慰めになった。

わたしは、元気な時はいくらでもよろい戸から顔を出して、彼らとのおしゃべりに花を咲かせた。おしゃべりがこんなに楽しいなんて、知らなかった。ローズマリーとは、どうしても会話が成り立たない。いくらわたしが話しかけても、ローズマリーは決してわたしに返事をしてくれない。

けれど、とわの庭の木々たちは違う。わたしからの問いかけに、きちんと香りの言葉で答えてくれる。

彼らと会話することで、わたしの体には時間の流れが再びよみがえった。

わたしは、生まれて初めて、季節が移ろうことを体で知った。それまでは、季節というものが断片的にしかわからなかったし、わたしは常に茫洋とした渦の真ん中にいて、そこからは季節など見えなかった。

特に香りが賑やかになるのは空気が緩んでくる春の真ん中の頃で、あまりに多くの木々が一度に話しかけるものだから、わたしは十個の鼻を備えつけても足りないくらいな気持ちになる。

とわの庭の木々たちと同じように、わたしに勇気を与えてくれた存在が、もうひとつある。ピアノの音だ。

ある日の午後、ローズマリーと折り重なるようにしてソファに寝転び、空の匂いを嗅いでいたら、そよ風に運ばれるようにして、美しい音色が流れてきた。すぐに、ピアノだとわかった。だってピアノは、母さんが一番好きな楽器だったから。雨の日の朝、黒歌鳥合唱団のモーニングコールがないと、母さんはピアノのレコードをかけることでわたしに朝が来たことを教えてくれた。

以来わたしは、とわの庭の木々たちとおしゃべりを楽しみながら、同時に遠くから聞こえてくるピアノの音を探すようになった。

穏やかな調べの時もあれば、雄弁に、時に激しく物語る時もある。とわの庭の木々たちとピアノとの出逢いがほぼ同じ頃だったので、わたしにはまるで、とわの庭の木々たちがピアノを奏でているような気持ちになる。最初は知らない曲でも、何度も聞くうち耳に馴染んで、わたしには友達のように親しく感じる時すらあった。

母さんが出かけてからどのくらいの月日が流れたのか定かではないけれど、ある日、水曜日のオットさん以外の訪問があった。

「どなたかいらっしゃいますか?」

その女性は、家の玄関を何度も何度もノックしながら、声を張り上げた。

もちろん、わたしは何も答えない。ただ、その場に凍りつくことしかできない。もしもその人が玄関のドアを壊して中に入ってきたらと想像すると、心臓が肋骨の柵を破って外へ飛び出してしまいそうだった。恐怖で、体が震えてしまう。わたしは心の中で、必死に母さんへ助けを求める。

けれど、しばらくすると、玄関先からは人の気配が消えた。

わたしはようやく体を動かし、忍び足でベッドに戻って、毛布の下に潜り込む。そこに残っているはずの、母さんの匂いを探し出す。

そういうことが、何度かあった。

その度にわたしは息を殺し、ただただその人物が立ち去るのを辛抱強く待っていた。

わたしが同じ内容の夢を頻繁に見るようになったのは、その頃からのような気がする。

それは、母さんに追いかけられる夢だ。けれど、首から下は母さんなのに、顔は黒く塗りつぶされている。逃げまどうわたしを、母さんはどこまでもどこまでも追いかけてくる。わたしは必死になって逃げるのに、最後にはいつも母さんの手に捕らえられてしまう。それから母さんに体を押さえつけられる。

「ごめんなさい。許して！　おりこうさんにするから」

そう泣き叫ぶ自分の声で、わたしはハッと目をさます。身体中に汗をかき、枕がびっしょりとぬれている。

「お母さん」

わたしはさっきまで見ていた夢の中身を打ち消したくて、そんな夢を見てしまった自分自身が嫌いになる。夢のせいで、わたしはますます母さんに会いたくなる。

母さんは、わたしのことを忘れてしまったのだろうか。

ふと、そんな疑問が頭に浮かんだ。

まさか。

だけど、もしも本当にわたしのことを忘れてしまったのなら、この家に戻らないのも当然かもしれない。ある日、わたしという存在が、母さんの人生から突然切り落とされてしまったのだとしたら。

心がくじけそうになるたび、わたしは記憶のレコードに針を落とした。レコードの表面には、母さんと過ごしたいい思い出しか刻まれていない。

母さんが仕立ててくれた特別なドレスを着て、母さんとワルツを踊ったこと。母さんの体にぴったりとくっついて、物語を読んでもらったこと。日曜日の朝、母さんがパンケーキを焼いてくれたこと。母さんといっしょにお風呂に入って、母さんがわたしの体を隅々まで洗ってくれたこと。母さんが、十歳の誕生日に新しいワンピースをプレゼントしてくれたこと。その日、チョコレートケーキを焼いてくれたこと。


母さんに会えないまま、季節は巡っていく。

わたしに季節の区切りを教えてくれるのは、いつも冬だった。

冬は、とわの庭から香りがしなくなり、すべての木々が口をつぐんだように静かになる。冬は、静寂の季節だ。黒歌鳥合唱団も活動を休み、寡黙な時間が過ぎていく。

けれど、それはほんの一瞬だった。

わたしは、香りの強弱を記憶しながら、季節を追った。香りのピークが過ぎると夏が来て、とわの庭からは、香りではなく蝉の声が聞こえるようになる。けれど、あんまり暑いと虫たちにもこたえるようで、ほんの束の間、静かになることもわかった。

暑さがひと段落すると、再び香りが目を覚まし、そこからは冬になるまで、香りの饗宴が続く。そして、最後の木が香りを放ち終えると、再び冬がやって来る。

季節の巡りが、わたしに平穏をもたらした。

雨が降ると、わたしはよくローズマリーの髪の毛をとかし、それから髪の毛をふたつに分けて、三つ編みをあんだ。かつて、同じことを母さんがしてくれたことを思い出しながら。

解いてはまた結んで、解いてはまた結んで、飽きるほどローズマリーの髪の毛に触れる。けれど、わたしの髪の毛を三つ編みにしてくれる人はいない。

母さんがいなくなったので、わたしの髪の毛は伸び放題だ。たまに、座った時など、自分で自分の髪の毛の上におしりをのせてしまい、痛い思いをするはめになる。髪の毛が、束になってバサッと抜けたこともあった。がんばって探せば、どこかにハサミが見つかるかもしれない。けれど、わたしはまだ、母さんが髪の毛を切り揃えてくれるのを期待している。母さんへの想いは、ますます強まるばかりだ。

最悪なのは、何日も雨が降り続いた後にお天気が良くなる時で、そうなると家のあちこちから異臭がした。ある時期、自分の体からも同じような臭いがして吐きそうになったけれど、やがて体の臭いはしなくなり、その分、家の異臭がますます強まった。一時的にすごく体がかゆくなったり痛くなったり膨らんだりもしたけれど、それらは時間が解決した。たいていの問題は、しばらく我慢していると自然となりを潜めるのが常だった。

それよりも、わたしにとって最大の問題は、際限のない飢えとの闘いだった。水曜日のオットさんだけが頼みの綱だったが、少しずつ、配達される物の量が減っていった。そして、あるお天気のいい時期を選んで黒歌鳥合唱団のコーラスの回数をかぞえたところ、確実に次の配達まで一週間以上の間があいていることに気づいた。水曜日のオットさんのはずが、いつの間にかそうではなくなっていた。

今ではもう、オムツが十分に届けられることはまれで、わたしは同じオムツを数日間穿き続けなくてはいけない。でも、そんなことはまだいい。わたしが我慢すればいいだけだから。それよりも、食料が足りないことの方が死活問題だった。

水曜日のオットさんの配達があると、わたしはひもじさのあまり、すぐにそれを食べ尽くしてしまう。あまりに急激に食べたせいか、それを吐いてしまうこともあった。その吐いたものからまた食べられそうな固形物だけをつまみ出し、口の中に戻す。

とにかく、胃袋を何かで満たしたい一心だった。パンやおにぎり、果物やお菓子を食べつくすと、わたしは袋入りのレトルトにも手を伸ばした。味なんか、おいしさなんか、どうだっていい。わたしには、食べられるかどうかだけが最大の関心事だった。

わたしはむさぼるように目の前の食料を口に入れた。ただがむしゃらに、一心不乱に食べ、何かで口の中を満たしていた。

けれど、とうとうオットさんの配達までもが完全についえた。母さんに続いて、水曜日のオットさんもまた、わたしの前から姿を消してしまったのだ。そのことに気づいたのは、ずいぶん後になってからだったけど。その頃すでに、わたしは空腹のあまり、家中のありとあらゆる場所から、何か食べ物が落ちていないか探すようになっていた。


ゴミ屋敷。

いつからか、誰かがわたしと母さんの暮らす家をそう呼ぶ声が聴こえるようになった。

最初は、自分の家のことを言われているなんて気づかなかったけど、おそらくそうなのだろうとだんだんわかった。

朝になると、家の前を小学生の子どもたちが登校するのだが、そのうちのひとりが、必ず、わたしの家の前に来ると「ゴミ屋敷！」と大声で叫ぶ。「臭いから早く行ってよ」とせかす女の子の声もする。

以前は、前の道を歩く人の声なんか、聞こえなかった。けれど最近、耳が良くなったのか、いろんな声が届くようになった。それらはたいてい、この家を非難する声だ。まるで見えるように、物音がはっきりと聞こえる。声を聞けば、その人がどんな容姿の人なのかも、だんだん見えるような気になってきた。

夜中に忍び足でわたしの家の前にやって来て、そこに黙ってゴミを置いていく人もいた。わたしには見えないけれど、おそらく玄関前には、ゴミがうずたかく積まれていたはずだ。そのことが、わたしを安堵させたのは間違いない。そう、不安ではなく、安堵だ。

わたしは、自分がゴミという防波堤に守られているような気持ちになったのだ。そんな状態になってしまったら、外部からの訪問者を遮るだけでなく、母さんやオットさんがここに来るのも困難にしてしまうということまでには、考えが至らなかった。

捨てられるゴミの中には、生きた状態の子猫もいた。

ある晩、眠りにつこうとソファに横になると、とわの庭からか細い鳴き声が聞こえてきた。その生き物は、みあ、みあ、と震えるような声で鳴いている。子猫だろうか。よろい戸のちょうど真下辺りにいるようだった。

けれど、わたしには助ける術がない。だから、頭から毛布をかぶってローズマリーの脇に横になった。その頃になると、寝室にもまた物があふれるようになり、わたしは屋根裏部屋のソファの方をメインのベッドとして使うようになっていた。

すると、

「助けないの?」

ローズマリーが聞いた。

ローズマリーが、喋ったのだ。貝のように沈黙をつらぬいていたわたしの友人のローズマリーが、わたしに話しかけた瞬間だった。わたしは、初めてローズマリーの声を聞いて驚いた。

「今あなた、わたしに話しかけた?」

わたしはおそるおそる、ローズマリーに質問する。すると、ローズマリーは、今まで黙っていたのが嘘のように、流暢に話し始めた。

「そうよ。だって、あの子はあなたがここにいることを知って、それで助けを求めているのよ。それなのに、あなたはそれを無視するの? あなたしか、あの子を助けてあげられる人がいないのに。ひもじい思いは、あなただって知っているはずよ」

ちょっと鼻にかかったような大人びた声で、ローズマリーはよどみなく言葉をつないだ。まさか、ローズマリーの方からわたしに話しかけてくれる日が来るなんて、わたしはこれっぽっちも期待していなかった。だから、嬉しい気持ちを飛びこえて、わたしはただただ驚いていた。

「そうかもしれない」

わたしは言った。確かに、今はわたししか子猫を救える人はいない。

「わかったわ。連れてくるからここで待ってて」

わたしはローズマリーにそう言い置き、屋根裏部屋からの階段をおりて、立ちはだかる物を迂回しながら、一階の勝手口の前に立つ。すぐそこで、子猫が鳴いているのがわかった。

チェーンを外してドアノブに手をかけ、それをゆっくりと左に回す。

これまでは、そこに待っているのはダンボールであり、オムツがぎゅうぎゅうに詰まったビニール袋だった。でも、今そこにいるのは、生き物だ。わたしは慎重に手のひらの捜索範囲を広げ、子猫を探しだす。驚かせてしまったのだろうか。さっきまで鳴いていたはずなのに、子猫は急におとなしくなった。

怖くないから、こっちにおいで。

心の中で、そっと子猫に話しかける。

自分も四つん這いになりながら、子猫を探した。家の外の世界にいるのに恐怖を感じなかったのは、そこがとわの庭だったからに違いない。木々たちが、わたしを見守ってくれているのがわかった。そして、子猫がどこにいるかをわたしの耳元でささやいてくれているようだった。

想像していたよりもずっと小さなその生き物に触れた時、わたしは反射的に涙がこぼれた。かわいいという感情が、果物の果汁をしぼったみたいに、ぎゅっとわたしの胸にほとばしった。わたしは両手で包み込むように子猫を抱いて、家に戻った。おなかと左手の間で子猫の体を支えながら勝手口のドアを閉め、チェーンを戻す。

まだ小さい。けれど、こんなに小さくても、ちゃんと四本の脚があって、息をしている。

よく考えると、動物に触れるのは生まれて初めての経験だった。でも、少しも怖くないどころか、わたしにはなぜかその温もりと匂いが懐かしく感じられた。予想していたより、子猫はずっと温かく、生命力に満ちていた。

屋根裏部屋では、ローズマリーがわたしたちが来るのを待っていた。

「連れてきたよ」

わたしは言った。子猫はまた、わたしの手のひらの中で活発に鳴くようになっている。みあ、みあ、という声が、静かな夜をけちらすように力強くこだました。

「早くおっぱいをあげなくちゃ」

ローズマリーが言う。

「わたしが？」

「そうよ、だってこの子はおなかが空いているんだから」

手のひらを移動させ、服の内側に子猫を入れる。それから、子猫の顔を自分の胸元に近づける。子猫は、匂いを嗅ぐようにしながらわたしの乳首を探し当て、小さな突起に触れた。ざらついた小さな舌でペロペロなめるものだから、わたしはくすぐったくて仕方がない。ただ、果たして子猫に必要な成分が本当に出ているのかどうかは、わからなかった。

その日は、そのまま服の内側に子猫を抱いたまま眠った。子猫は時々寝相を変えながらも、お行儀よくその場所に収まってすやすやと眠っている。朝は、子猫のなき声で起こされた。

お乳だけでは栄養が足りないかもしれないと、わたしは翌日から思いきって缶詰のふたを開けるようになった。これまで水曜日のオットさんが届けてくれた缶詰に関しては、ふたを開けるのが難しいので、だいたいまとめて同じ場所に置いてあったのだ。

それに缶詰は、わたしにとって中身を想像するのがとても難しいのだ。触っただけではそれが何の缶詰かを当てるのは困難だし、缶詰に鼻を寄せて匂いを嗅いでも、たいていは同じような缶の匂いがするだけで、中身そのものの匂いはしない。だから、一か八かで蓋を開けるしかない。

おそるおそる蓋を持ち上げ、中身に指を入れる。柔らかく、まるで母さんのくちびるのような形をしている。口に含むと、甘い果汁が拡散する。蜜柑だ。最初に開けたのは、蜜柑の缶詰だった。

子猫は匂いを嗅ぐだけで、口に入れない。大きすぎるのかと思い、蜜柑を小さくしてやってもやっぱり食べない。仕方なく、というのは言い訳にすぎないのだが、わたしが蜜柑を食べる。缶詰の中に指を入れ、蜜柑をすくい上げ口に含む。おいしくて、やめられなくなる。

蜜柑を満たしていた甘い汁が、口元から流れ、胸の方へと落ちていく。もちろん、汁もすべて飲み干した。ベタベタになった指先を、子猫が小さな舌で舐めとっている。

次に手にとった缶詰は、シーチキンだった。缶の蓋を開けた瞬間、芳醇な匂いにめまいがする。母さんがよく、ご飯にこれをのせ、お醤油をかけて食べさせてくれた。炊きたてのご飯の香りと母さんの匂いを思い出し、一気に胸が苦しくなる。

シーチキンを手にとり、食べやすいよう形を崩して子猫の前に差し出すと、子猫はそれを一口でぺろりとたいらげた。

「おいしい？　ちゃんと味わって食べるのよ」

わたしは子猫にそう声をかけながら、中から更に大きな固まりをすくい上げ、手のひらにのせる。子猫はまた、すぐに勢いよく飲み込んだ。

子猫にシーチキンを食べさせながら、自分も左手でシーチキンをつまみ上げて口に含む。さっきの蜜柑ほどの感動はないけれど、久しぶりにわたしは、食事をする楽しみを思い出した。当然ながら、母さんが家から消えてしまって以来、わたしはずっとひとりきりで食べていた。でも今、わたしのそばには子猫がいる。

シーチキンの缶詰の形と重さを記憶にとどめたことで、わたしは次回以降、間違わずにシーチキンの缶詰の蓋を開けられるようになった。わたしもおなかが空いていたのはおあいこだったけど、シーチキンの大半は子猫にあげ、わたしはその残り滓と汁を飲み干すことで、なんとか飢えをしのいだ。毎日シーチキンばかり食べているせいで、子猫の体からは常にシーチキンの匂いがした。

子猫は、わたしの毎日を、劇的に変えた。わたしはローズマリーと、子猫のお父さんとお母さんになったつもりで、子猫を育てた。

ある日、わたしはローズマリーに質問した。

「この子は、何色かしら？」

「そうねぇ」

ローズマリーが考え込む。

「にびいろじゃない？」

母さんが、わたしの十歳の誕生日のお祝いに用意してくれた、特別なワンピース。母さんとの、唯一のお出かけ。あれから何日経ったのだろう。わたしは二十歳になったのだろうか？　それともまだ十一歳にもなっていないのだろうか。わからない。そんなこと、誰もわたしに教えてくれない。

わたしは子猫をニビと呼ぶようになった。幾度となく、ニビの姿をこの目で見てみたい衝動にかられたが、それは叶わない。だからわたしは、両方の手のひらをニビの体に押しつけて、ニビの姿を想像した。背骨のでこぼこ、脇の下の柔らかさ、尻尾の固さ、おなかの膨らみ、顎の骨格、すべてをこの手のひらで見た。

ローズマリーとわたしの間にニビをはさみ、三人で空を見上げている時、わたしは確かに幸せだった。満たされていた。青空に流れているかもしれない雲というものを想像しながら、心地よい風に包まれていた。母さんなんか戻らなくていいから、永遠に、この時間が続けばいいのにとすら思った。

けれど、ある日ニビはいなくなった。母さんと同じだった。

なんの前触れもお別れのあいさつもなく、突然、魔法のように姿を消した。そして、もう二度とわたしのところへは戻らなかった。

悲鳴が聞こえる。

やめて、やめて、熱い、熱い。だれか、助けて。

木々たちが、叫び声をあげている。

必死に、助けを求めている。

けれど、わたしは動けない。

この家の中から、外に出てはいけません、と母さんに言われている。

わたしは、絶対に誰かに見られてはいけない。

家の外には危険がいっぱいあるから、ここから一歩も出ないと、母さんと約束した。

だからわたしは背中を丸めて、誰にも見つからないように、ここでじっとしているしかない。

ぐんぐんと大きな音が近づいてくる。わたしは、うずくまって小さくなる。もっともっと小さくなって、ネムリヒメグスリくらいの小ささになる。

昔、母さんが外出するたびに、わたしは密かに夢見たものだ。

自分の体が母さんのブローチくらい、小さくなることを。そうなれば、わたしは母さんのブローチになって、どこへでも一緒に行ける。それが、わたしの願いだった。

けれど、わたしが母さんと外出したのは、十歳の誕生日以降、一度もない。

わたしは、屋根裏部屋に潜んで息を殺しながら、とにかく眠ってしまうことにする。眠って朝を迎えれば、もしかすると母さんが帰っているかもしれない。そしてわたしに、パンケーキを焼いてくれるかもしれない。

目を閉じると、これまで母さんが読んで聞かせてくれた物語のすべてが束になり、同時にわたしの耳元で声をあげる。わたしは、それぞれの物語を聞き分けようと、必死に耳をすました。そうしているうちに、わたしは深い眠りに包まれていた。

どうやら、火はすぐに消されたみたいだ。焦げ臭いような匂いがしなかったら、昨夜あったことが事実と思えないくらい、忘れてしまいそうだった。

その小火(ぼや)騒ぎが起きたのは、ニビが家を出て、季節がひとつ駒を進めた頃だったか。誰かが、わたしの家の前に積まれたゴミに、火をつけたらしい。

次の日、警察の人がゴミの山の向こう側から呼びかける声がした。もちろんわたしは、身を潜めて沈黙を守る。警察の人は、すぐに退散した。臭くて、長く居られなかったのかもしれない。ゴミが、わたしを守ってくれた。

やがて、冬がやって来た。

楽しみにして待っていたのに、その冬、雪は一度も降らなかった。


異変に気づいたのは、冬もそろそろ終わりを迎える頃だった。

とわの庭が、静かなのだ。いつもなら、寡黙な冬の季節を終えると、とわの庭の木々たちが次々とおしゃべりを始める。それなのに、今年は空気が確実に暖かくなってからも、庭の木々たちがかたくなに沈黙を守っている。

どうして?

どうして何も話しかけてくれないの?

去年はあんなにたくさんおしゃべりしたのに。

もしかして、あの時の小火で、庭の木々たちの健康が損なわれてしまったのだろうか。

遠くで、馬のいななく声で目が覚めた。

いや、馬がいななないたように聞こえただけで、実際は違うのかもしれない。こんなところに、馬なんかいないはずだもの。それにわたしは、本物の馬の声を聞いたことがない。

もう、今日が何曜日かわからなくなった。以前なら、オットさんの訪問が、わたしに曜日を教えてくれた。オットさんの訪問の次の日は木曜日で、その次の日は金曜日、オットさんの訪問から数えて四日目が日曜日で、それから更に三日経つと、またオットさんが来てくれる。オットさんは、わたしの時計の正確な針だった。

曜日がわからなくなったら、だんだん、季節までわからなくなってきた。ついに、目だけでなく鼻もきかなくなってしまったのだろうか。けれど、そんなはずはない。だって、この家にただよう不快な臭いは、着実にわたしの鼻に届いている。

匂いをなくしたのは、わたしではなく、とわの庭の花たちだ。以前はあんなにおしゃべりでやかましいくらいだったのに、最近はちっとも香りを放たない。まるで、わたしに愛想をつかしたみたいに。

とわの庭の木々たちから、わたしはそっぽを向かれてしまった。なにか、木々たちに嫌われることをしてしまったのだろう。

わたしは久しぶりに屋根裏部屋を出て、下へと続く階段を降りていく。足元にいろんな物が落ちているから、階段を踏み外さないよう、慎重に足を動かす。

下の階に降りると、ますます臭いが強くなる。仕方がない。自分の使ったオムツもそのままここに置いてあるのだから。

それにしても、喉が渇いた。

水のことを考えると、みるみる喉に砂漠が広がる。砂漠はすぐに体中へと広がって、わたし自身が広大な砂漠の一部になる。

わたしは砂漠に行ったことがないけれど、水がなくて今にも枯れそうな状態を砂漠というらしい。それなら、確かにわたしは砂漠を知っている。早く、水道の蛇口を探し当てなければ、砂漠にのみ込まれてしまう。

もしかしたら何か見つかるんじゃないかと、手当たり次第、棚の中に手のひらを這わせ、食べ物を物色する。

ほんの少し紙の袋に残っていた小麦粉は、すでに食べてしまった。

母さんがよく焼いてくれたパンケーキはあんなに香ばしくておいしかったのに、小麦粉は少しもおいしいと思えなかった。でも、食べないよりはましだった。

ザラザラとした食感の粒は、砂糖だろうか。指先を強く押しつけて、その粒を拾い上げる。期待と不安を半々ずつ胸に抱いて口に含むと、残念ながらそれは味のしないものだった。

更に別の棚の扉を開け、丹念に捜索する。何でもいい。食べられるものなら、本当に何でも構わない。暗闇の中で、わたしは必死に食べ物を探す。

何か乾燥した物が指に触れる。何だろうと、両方の手のひらで全体像を探り当てる。丸い形に束ねられたそれは、中央が空洞になっている。

鼻を近づけて匂いを嗅いだ瞬間、わかった。あの日、母さんは興奮していた。そして夜中、とわの庭でわたしに花のかんむりを作ってくれたのだ。

けれど、今のわたしに必要なのは、乾燥した花のかんむりではなく、水と食べ物だ。わたしは思い出を葬るように、そのかんむりをどこか遠いところへ投げつける。そして、再び物色する。

今度は、指先が細長い紐の輪郭をとらえた。たぐり寄せると、するすると指の間をすり抜けていく。

「とわ、お誕生日、おめでとう！」

耳元で、母さんの声が弾けた。

「開けてみて」

母さんが言う。

わたしは、ゆっくりとリボンをほどく。大好きだった、黄色いリボン。でも今は、黄色なんか好きになれない。黄色は、まぶしすぎる。中に入っていたのは、ワンピースだった。

母さんが、わたしのそばにやってきて、髪の毛を撫でてくれる。

ふと、このリボンを首に巻きつけて天井からぶら下ったらどうなるのだろう、と想像した。世の中には、自らが自らの意思で命を終わらせる手段があることを教えてくれたのも物語だ。

でも、わたしにはできなかった。第一、首をくるのに、このリボンでは頼りなさすぎる。このリボンは今、わたしの人生に何の役にも立ってくれない。

空腹で、その場に倒れこむ。もう動けない。悲しいけれど、ここはゴミ屋敷なのだ。わたし自身も、そのゴミの一部なのだ。そう思うと、生きながらにして、体の端から腐敗していくように感じた。腐敗は少しずつ広がって、いつかわたしのすべてを覆い尽くしてしまう。それでもわたしは、母さんに捨てられたとは認めたくなかった。わたしはまだ、母さんが帰ってくることを信じていた。だって、わたしの母さんだから。わたしと母さんは、〈とわのあい〉で結ばれているのだから。

　意識がもうろうとする。空腹で、空腹すぎて、体が爆発しそうになる。だけど、母さんと会うまでは死ねない。死にたくない。それだけは、わたしの心の中ではっきりしている。

　だからわたしは、起き上がって再び水と食べ物を物色する。なんとかして、生きのびるために。

　気を紛らわすため、わたしはいつか母さんが読んでくれた物語を、今度は自分の心の声で自分に聞かせる。わたしと物語は、共にたたかう戦友なのだ。物語が、わたしを励まし、ふるい立たせてくれる。

　四つん這いになって場所を変え、ゴミ袋とゴミ袋の間に体をねじ込んで食べ物を探す。何でもいい。本当に、食べられるものだったら、何でもいい。だから、お願いです。わたしに食べ物と飲み物を恵んでください。わたしは、神さまに祈った。もう、神さまに祈ることしかできなかった。

　陽だまりの中で目を閉じると、次第に体が重たくなった。

　随分長いこと、眠っていない。空腹と喉の渇きで、眠ろうとするとそのことばかりが脳裏をよぎり、そうするとますます目がさえて眠れなくなってしまう。

それでも、お日様の温もりを感じていたら、その温もりはやがて子守歌となってわたしを癒した。

子守歌を聴きながら、わたしは安らかな眠りにつく。遠い場所から、ピアノの音が聞こえてくる。


おなかが空いた。

おなかが空いた。

おなかが空いた。

おなかが空いた。

おなかが空いた。


わたしは、床に手のひらを這わせ、食べ物を探す。もう何日も、食べ物を口にしていない。水は、雨が降ってくれたおかげでようやく口にすることができたけれど。

水曜日のオットさんは、どうしてしまったのだろう。週に一回、わたしの家へ、食べ物や生活に必要な物を届けてくれるはずだったのに。

わたしは床に這いつくばって、食べ物を探す。もう、これ以上限界だ。

床一面に散乱したビニール袋や缶詰の空き缶、使用済みのトイレットペーパーなどをかき分けながら、わたしは食べ物を家宅捜索する。ペットボトルを見つけたら残っていないか、必ず口をつけて確かめた。

するると、しばらくして左手の指先に小さな丸い固まりが触れた。ふわふわとまではいかないまでも、ほんのわずかに弾力がある。

グミだろうか？　それとも、キャンディーかもしれない。ガムかもしれない。

わたしはその固まりをそっと取り上げ、鼻先に近づける。かすかに、柑橘系の香りがする。

やっぱり、食べ物に違いない。ついに見つけた。ついについに、わたしは食べ物を発見したのだ！

まとわりついているホコリを払い落としてから、わたしはそれを口に含んだ。

けれど、待てど暮らせど、固まりは少しも様子を変えない。グミのように柔らかくなるわけでもなく、キャンディーのように中から甘い何かが溶け出すでもなく、ガムのように変幻自在に形を変えるわけでもない。固まりは、わたしがどんなに舌で転がしても、うんともすんとも言わずに押し黙っている。

それでも、わたしは気長に待った。母さんを待つように。待つことには、慣れている。母さんも、この固まりも、いつかわたしの期待に答えてくれるはずだから。

もしかすると、これは噛まなければ先に進まない食べ物なのかもしれないと気づいたのは、口の中が唾液でいっぱいになってからだった。

わたしは、その固まりを口の奥の方へ押しやり、奥歯に挟んだ。そして、咀嚼した。夢中で噛み砕き、もうこれ以上細かくはならないというくらい丁寧に噛み砕いてから、喉の奥へ流し込んだ。

今朝も、黒歌鳥合唱団のメンバーがやって来て、美しい歌声を聞かせてくれる。布団の中で彼らのコーラスを聞くと、なんとも満ち足りた気分になる。きっと、ようやく冬が終わったのだ。黒歌鳥合唱団が、声高に春を告げている。よく耳を澄まして聞いていれば、クロウタドリの歌声も、毎日同じではないことがわかってくる。晴れ渡った空を見上げ、おなかの底から人生を謳歌するようにうたう日もあれば、なんとなく習慣でただ声を出しているだけ、という時もある。

中には、目立ちたがり屋なのか、どうしても独唱をしないと気のすまないクロウタドリもいる。そういう時は、その他大勢のクロウタドリが律儀に守ろうとする調和が乱れ、合唱団のコーラスに苛立ちの色がにじんでくる。

音にも色があると気づいて以来、わたしは夢の中だけでなく、目覚めている時も、色を感じられるようになった。だからわたしの世界は、他の人が想像するよりも、ずっとカラフルで、おしゃべりだ。わたしの世界は、決して暗闇ではない。

今朝もまた、黒歌鳥合唱団のメンバーがやって来て、歌声を披露する。彼らのコーラスを聞いていると、わたしの視界には、みるみるうちに美しい風景が広がり、わたしにはまぶしいくらいの光に包まれる。

でも、クロウタドリたちは忙しいので、決して一箇所に長く止まらない。とわの庭に来たかと思うと、すぐに別の庭へと飛び去ってしまう。きっとクロウタドリは、夜明けと共に移動して、地球をぐるぐる回っているのだろう。

だって、母さんが教えてくれたもの。地球は丸い形をしている、って。


わたしはだんだん、いつが昼でいつが夜なのか、わからなくなってきた。今が春なのか秋なのかも、よくわからない。

春になり、夏が来て、秋から冬へと、季節が巡る。それが、もう何回繰り返されたのだろう。わたしは今、どの季節に立っているのだろう。家の中の、どこにいるのだろう。

わからない、わからない。

どうして、母さんがわたしを置いて出て行ってしまったのか。

わたしの、何がいけなかったのか。

わからない。

もしも過去に戻れるなら、わたしは十歳の誕生日に戻りたい。

そして、その日一日を、この家で、母さんとふたりだけで過ごしたかった。


どすん、といきなり床が下に抜けるような感覚がして、わたしはハッとして意識が戻った。何かが遠くから近づいてくる。最初は気づかなかった。けれど、ぴったりと床に耳をくっつけると、ダダダダダダ、とも、ガガガガガガ、とも聞き取れるような低い音がする。すぐそこで、誰かが激しく足踏みをしているような、音というよりは、振動だ。

そして、今度は地面が、ぐらりと揺れた。

ぐらり、ゆらり、ぐらり、ゆらり。

家全体を揺さぶるように、床が揺れる。

棚から何かが落下する。ガシャン、バシャン。派手な音がする。

わたしは床の上にうずくまり、両手で頭を押さえつける。

母さん、母さんはどこ？

床は、まだ揺れている。家全体が、悲鳴を上げるようにキシキシと軋む音がする。

このまま家が潰れてしまうのかもしれない。揺れはますます激しさを増し、棚から物が落ちるだけでなく、今度は棚そのものがバタンと倒れた。

まるで大地が、地球そのものの腸（はらわた）が煮えくりかえっているようだ。自分の内側に秘められた怒りを持て余し、暴れようとしている。永遠にも感じられるような長い揺れは、一体、どれくらい続いたのだろう。

　わたしはその間ずっと、背中を丸めて耐えていた。卵になって、両手両足で自分の体を抱きしめる。怖くて、心臓が悲鳴を上げる。

　実際の揺れはもう収まったのかもしれないけれど、体の内側に入り込んだ振動が、まだ体を揺さぶっている。そのせいで、気持ちが悪かった。内臓が小刻みに震えているようで、吐きたいような気分になる。皮膚の奥に迷い込んでしまった振動を、口から戻してしまいたい。

　けれど、現実にはそんなこと不可能で、わたしはよろめきながらも立ち上がり、屋根裏部屋への階段を上がってローズマリーを探す。その時にまた、地面が揺れた。ギシギシ、ギシギシ。家が、痛い痛いと訴えているような、不気味な音がする。

よろめきながらやっとのことでローズマリーを探し出し、その体に覆いかぶさる。ふたりの体をぴったりと寄せ合い、手足を絡ませていれば、少しはこの恐怖に耐えられるかもしれない。いつの間にか、ローズマリーとの間に信頼関係が芽生え、わたしたちは親友になっていた。

「大丈夫よ、心配ないから」

自分自身を励ましているのか、ローズマリーを安心させようとしているのか、自分でもよくわからない。けれど、わたしとローズマリーは運命共同体だった。

その日は一日、小さな揺れが続いた。よろい戸を開け、深呼吸を繰り返す。空気は、ひんやりとしている。けれど、少し前までの、棘がささるような冷たさではない。

相変わらず、とわの庭の木々たちは押し黙っている。いくら耳をすませても、ピアノの音色は聞こえてこない。

一瞬、音という音がすべて消えた。音もなく匂いもないと、わたしはまるで自分が、盲目になった気分になる。それまでも目が見えていなかったのだから、今更そんなことを言っても笑われるだろうけど、それまで心の目でなら見えていた景色が、きれいさっぱり暗幕に包まれたのだ。

わたしは、人生で初めて、底のない暗闇へ放り出された気持ちになった。今度こそ、ひとりぼっちになったのだと悟った。

けれど、町が静寂に包まれたのは、ほんの一瞬だった。それから少しずつ、サイレン音が聞こえるようになる。今までとは、空気の質がまるっきり違う。そのことは、はっきりわかった。

揺れの余波による影響か、わたしの胃袋は空腹という単語をすっかり忘れてしまったようだ。そのことは、単純によかった。窓を開け放ったまま、一夜を明かす。

朝が来ても、クロウタドリは歌わない。

次の朝が来ても、次の次の朝が来ても、やっぱり黒歌鳥合唱団は歌わなかった。だからわたしに、朝は訪れない。地面が大きく揺れて以来、ずっと夜が続いている。深い深い、底のない夜が。

この先、どうやって生きていけばいいのだろう。クロウタドリは歌うのをやめ、とわの庭の友人たちも、完全に口を噤んでしまった。それに母さんは、もう二度とここへは帰らないだろう。

あの揺れが、わたしにそのことを教えてくれた。わたしは、決定的な事実を突きつけられた。

だって、もしもまだわたしと母さんが〈とわのあい〉で結ばれているなら、絶対ここに来るはずだもの。何が何でも、わたしのところに駆けつけて、わたしを抱きしめてくれるはずだもの。

けれど、母さんは来なかった。

だからわたしは、母さんと決別することにした。

母さんを、忘れる。

母さんなんか、いなかったことにする。

母さんがわたしを忘れたように、わたしも母さんを忘れるのだ。そうすれば、わたしと母さんはおあいこになる。

もちろん、そう簡単に母さんを忘れることなんて、できっこない。だって母さんは、すでにわたしの心の中に住んでいる。内臓みたいに、わたしの体の一部分になっている。

でも、それでもわたしは母さんを忘れなきゃいけない。わたしの心の中から、母さんを追い出さなきゃ。

それが、わたしに今できる唯一のことで、生き続けるための方法だった。

わたしは、「母さん」を封印した。


静寂に包まれた町から最初に聞こえてきたのは、ピアノの音色だった。

しばらく聞こえてこなかったピアノの音が、再び聞こえるようになった。

わたしは、ローズマリーと並んでソファに寝そべり、よろい戸の向こうから聞こえて来るかすかなピアノの音色に耳を澄ます。そうしていると、まるで自分が、いつか物語で出会ったあの少年と同じように、ピアノの前に座って鍵盤に指を当てているような気分になる。

ピアノは、遠くに追いやったはずの母さんの記憶を、やすやすとわたしのそばへ連れ戻した。わたしはそのたびに、「母さん」を詰めた瓶を手でつかんで、よろい戸から遠くの空へ、力いっぱい投げつける。それでも「母さん」は、何度も何度もわたしのところに戻ってきた。でもわたしは、あきらめなかった。母さんを忘れると決めたのだから。きっと母さんだって、わたしを忘れようと決めた時、辛かったに違いないはずだから。

わたしはもう、空腹を感じない。

わたしにおなかを空かさせていたのは、母さんなのかもしれない。

いや、わたしは食べ物を求めていたのではなく、母さんの愛情を求めて空腹になっていたのかもしれない。

母さんへの想いを断ち切ってしまえば、空腹ともさよならできるなんて、知らなかった。もっと早くそのことに気づいていたら、自分の爪や髪の毛まで貪りたくなるような得体の知れない飢餓感を、抱かなくて済んだのかもしれない。もちろん、すべては後の祭りだけれど。


その日、目が覚めた瞬間、空気がふわりと軽くなっているのを感じた。あれ以来、わたしのよろい戸は開けたままだ。目覚めたばかりで、最初はよくわからなかった。でも、昨日とは明らかに違うことが起きていた。

黒歌鳥合唱団が、とわの庭に戻ってきたのだ。

最初は、たった一羽だけだった。そこへ、二羽、三羽と加わって、見事なコーラスになる。

クロウタドリたちもまた、わたしと同じように怖かったのだ。あの揺れに怖気づいて、しばらく声を出せないでいた。でも、もう大丈夫だと、クロウタドリたちがわたしに告げる。

新しい朝の到来を、美しい声で宣言する。

大丈夫。

だから、こっちにおいで。

一緒に歌おう。

クロウタドリが、わたしにそう呼びかける。

わたしは、ずっと大切にとっておいた櫛で、自分の髪の毛をとかす。髪の毛は、膝の裏まで伸びている。自分がどんな姿をしているのか、わたしにはさっぱり見当がつかない。

自分の髪の毛をすいてから、同じようにローズマリーの髪の毛にも櫛を当てる。さらさらとしたローズマリーの髪の毛は、触れているだけで気分が落ち着く。わたしの髪の毛は気がつくと伸びているのに、ローズマリーの髪の毛はずっと長さが変わらない。

いつものように、左右の髪の毛を半分ずつに分け、それぞれを三つ編みにする。

わたしは立ち上がって、よろい戸から腕を伸ばす。空気と握手を交わし、それからローズマリーを抱擁する。

平和な時も、息苦しいような時も、ローズマリーはわたしのそばにいてくれた。わたしのファーストキスの相手はローズマリーだったし、一緒に子猫のニビも育てた。

わたしは、ありがとうの気持ちを込めて、ローズマリーの柔らかな体をしっかりと胸に抱きよせた。そして彼女の頬に、お別れのキスをする。

屋根裏部屋から急な階段を降り、二階の寝室の前を通りすぎて一階へ。

そうだった、わたしには靴がないのだ。これまでに一度も、靴を履いて歩いたことがない。だからわたしは、裸足のまま勝手口の前に立つ。チェーンを外し、ゆっくりとドアノブを左に回して扉を開ける。

大丈夫。きっとこれからも、大丈夫だ。

わたしはゴミの要塞をかき分けながら、とわの庭を横切って外へ出る。

いっぽ。

にほ。

さんぽ。

よんほ。

地面の上を歩くのは初めてだ。足の裏がくすぐったくて、うまくバランスを取れず転びそうになる。それでもなんとかバランスを保って、更に足を前に進める。すぐに、足の裏が冷たくなる。

神さまに手を引かれ、導かれているような気分だった。確かに神さまが、わたしの手を握っている。

ごほ。

ろっぽ。

ななほ。

はっぽ。

自分の足で、ゆっくりと前へ歩いていく。
気がつくと、わたしはもう、窓の向こう側に立っていた。
わたしの新しい人生は、この時すでに始まっていた。

地面に転んで動けなくなっていたところを助けてくれたのは、近くに住む四十代の女性だったという。

「大丈夫ですか？」

そう問いかける柔らかな声はなんとなく覚えているけれど、その後の記憶はおぼつかない。

自分でもそんなこと知らなかったが、わたしの足の裏には、土踏まずが存在しなかったのだ。家からほぼ一歩も外に出ていない人生を送ってきたので、運動不足で足の裏の筋肉が発達しなかった。だから、家の中ではなんとか歩けても、家の外を長時間歩くことはできなかった。それに、わたしには自分の履きなれた靴もなかった。それが、わたしの現実だった。

その時のわたしは、よれよれの服に、使用済みのオムツを幾重にも重ねて穿いていた。身につけていたのは、それだけだ。髪の毛も爪も、伸び放題だった。けれど当時のわたしにはそれしか選択肢がなく、そのことがどれだけ常軌を逸しているかなどわからなかった。そもそもわたしの人生には、わたしと母と、水曜日のオットさんしかいなかった。

その女の人はその場で救急車を呼んでくれた。明らかに異質な存在であるわたしに声をかけることが、どれほど勇気のいることだったろう。

その時、わたしは極度の栄養失調状態に陥っていた。わたしの胃に残されていたのは消しゴムの欠片(かけら)がほんの少しで、それはおそらく、わたしがグミかキャンディーだと思って口にした物だった。かつて母が、勉強道具として買ってくれた香り付きの消しゴムかもしれない。

どのくらいの期間そこにいたのか定かではないけれど、緊急措置として、わたしはまず病院に入院した。そしてある程度体調が回復してから、児童養護施設に保護された。

最初の頃、わたしは何を聞かれても押し黙っていたそうだ。その時の記憶はすべてが靄(もや)に包まれている。

「お名前は?」「いくつ?」「お母さんは?」

わたしは、そんな質問に全く反応しなかった。当初、わたしは小学校高学年の年齢に思われていたらしい。体重も身長も、一般的な成人女性よりはるかに少なかったから、当然といえば当然だった。

どんな質問にも答えないので、わたしは耳も聞こえていないと疑われていたようだ。けれど、食べ物にだけは素早く反応した。

食べ物の匂いはすぐにわかった。そして、出されれば出されるだけ、すぐにすべてを平らげた。まるでわたしは、飢えた野生動物そのものだった。

　伸びた爪も、なかなか切らせなかったそうだ。まず、母以外の人間が大勢いることに戸惑い、今まで聞いたことのない声との遭遇で、わたしは常にパニック寸前だった。児童養護施設ではなるべく静かな部屋を与えてくれていたようだが、それでもわたしには次元の違う世界へいきなり放り込まれたようで、一瞬でも安心できることがなかった。

　わたしは、部屋の片隅に身を寄せて、日がな一日、自分の爪を噛みながらただただ呆然と座っていたそうだ。そうするしか、やれることがなかったのだろう。家とは明らかに違う匂いに包まれていることも、まるで別の星に連れてこられたようで常に緊張を強いられていた。

「爪を切ってもいい？」

　そう言われて、素直にわたしが両手を差し出したのは、保護されてからひと月近くも経った頃だった。けれどわたしは、爪を切られている間に、母のことを思い出してしまった。思い出して、爪を切ったらまたひとりぼっちにされると思い、激しく感情をとり乱した。その時のことは、なんとなくだけど覚えている。

　わたしが感情を乱すたび、ひとりの女性が、力ずくでわたしを抱擁し、何も言わず、ただ背中を撫でてくれた。彼女はわたしにつきっきりで、それこそ夜寝る時もとなりの布団で寝てくれた。そういうことの、繰り返しだった。わたしは少しずつ、その人にだけは心を許した。

　爪の次にわたしが解放したのは、髪の毛だった。

肩甲骨が半分隠れるくらいまで切りそろえた髪の毛を、その人は毎朝、櫛でとかしてくれた。ただ、母以外の人に髪の毛を触れられることは、恐怖以外の何ものでもなかった。だからわたしは、毎回石のように体をこわばらせてその時間を耐え忍んだ。

ある朝、彼女はわたしの髪の毛を左右に分け、それぞれを三つ編みにしてくれた。そして、その結び目にリボンを飾ってくれた。

「でーきた」

そう言われ、わたしは自分の手で髪の毛に触れたのを覚えている。三つ編みだとわかった瞬間、思わず笑みがこぼれた。

「お名前は？」

そう聞かれ、わたしは気がつくと答えていた。

「とわ。永遠っていう意味」

ふわりと、後ろからそよ風が背中を押してくれたようだった。わたしは、施設に保護されてから初めて、自ら声を発した。自分で聞く自分の声が新鮮だった。

「とわちゃん、っていうのね」

彼女は、ゆっくりと口の中のものを噛んで含めるように言った。

「わたしは、みすず。仲良くしましょう」

その瞬間から、彼女はスズちゃんになった。

スズちゃんとだったら、お風呂にも入れた。けれどわたしは、いつも母が隅々まで洗ってくれたせいで、自分で自分の体を洗う方法を知らなかった。スズちゃんは、スポンジに石鹸をつけて体を洗うことや、シャンプーの量、髪の毛を洗う時のコツや注意点などを事細かに教えてくれた。そして、女の人にはとても大切な場所があり、そこは特にきれいにしておかなくてはいけないことも、包み隠さず教えてくれた。

取り急ぎ、わたしが克服しなくてはならない課題があった。それは、オムツを卒業することだ。いつからか、オムツが当たり前になってしまい、自らの意思でトイレに行くことを忘れてしまった。発見された時のわたしは、オムツを何枚も重ねて穿いていたそうだ。そのせいで、性器周りがかぶれ、常に痒くて痒くて仕方がなかった。おそらく、そのことによる異臭も、すさまじいものだったに違いない。

トイレで用を足しても、わたしはその後始末の仕方が、よくわかっていなかった。はじめはトイレットペーパーを使うことすら思い出せず、下着を汚して周囲の人たちを困らせた。けれど、どこをどう拭いたらいいかも、スズちゃんが教えてくれた。スズちゃんが、わたしの生活の先生だった。

次第にわたしの体からは、それまでとは違う匂いがするようになった。シャンプーや石鹸の匂いだ。そのことでわたしは、文字通り自分が生まれ変わったのだと感じた。脱皮をして、元の殻を脱ぎ捨てる蟬のように、わたしも過去の自分から脱皮しようともがいていた。

オムツを手放すのと並行して、わたしがもうひとつやらなくてはいけないことがあった。歯の治療だ。わたしの口の中は、深刻な状況になっていた。本当は、一刻も早く治療をしなくてはいけなかったのだが、歯医者さんに行けるまでの段階に、わたし自身が達していなかった。

それまでにいた空間から外に出るという行為は、いつだってわたしを恐怖におとしいれる。普段よりも多い薬を飲み、わたしはその日を迎えた。相変わらずわたしの足の裏には土踏まずがないので、車椅子に乗せられての移動だった。

目の見えないわたしを気遣って、付き添ってくれた職員さんが常に状況を説明してくれた。

「今、施設の廊下を歩いています」「はい、外に出ました」「これから、車に乗ります」「はい、歯医者さんの前に着きました」「今、歯医者さんの受付です」「もうすぐ治療が始まります」

職員さんの声を、わたしは聞くそばからすぐにスズちゃんの声に変換した。というか、勝手にスズちゃんの声で聴こえてくるのだ。そうやって、なんとか自分自身を落ち着かせようとしていたのかもしれない。

車椅子から診察台へ移動すると、今まで嗅いだことのない未知の匂いが、あっちからもこっちからも襲いかかってくる。わたしは怖くて、上手に口を開けることができない。自分では大きく開けているつもりでも、どうやら半分も開いていないらしかった。

先生は、男の人だった。優しく話しかけてくれるものの、器具を扱う手には一切の迷いが感じられない。

わたしの体は、恐怖のあまりコンクリートのようにこわばり、ぎゅっと握っている手のひらが、小刻みに震えている。おしっこも漏らしてしまった。その日は外出する特別な日だからと、オムツを穿いてきて正解だった。

「大丈夫よ、とわちゃん、もうすぐ終わるからね」

固まったままほどけなくなったわたしの拳を、すぐ横に立っていた職員さんが優しく包み込んでくれる。だから、なんとか耐えられた。本当は、先の鋭い異質な匂いと耳慣れない音との二重攻撃で、気がおかしくなりそうだった。もしかすると、わたしは途中から、半分意識を失っていたのかもしれない。

「とわちゃん、今日のところはおしまいでいいって」

そう言われた時、わたしは一瞬、自分がどこにいるのかすらわからなかった。口の中から、苦いような辛いような、奇妙な味がする。口をすすぐように言われても、上手に唇が閉じなくて、水を前掛けにこぼしてしまう。

「麻酔が切れるまでは、ちょっと口がおかしいけど、じきに元に戻るからね」

そう言う先生の言葉を、上の空で聞いていた。

車椅子に座り、また車に乗せられ施設へ戻る。おしっこをしたオムツが気持ち悪くて、わたしは早く取り替えたかった。

当初、わたしは年齢不詳だったため、体の大きさから判断して児童養護施設に保護された。渦中のわたしはそんなこと想像もしなかったけれど、わたしは一時期、時の人として世間からの注目を浴びていた。

たまたま施設で耳にしたテレビが、わたしのことを伝えていたのだ。もちろん最初は、自分のことだなんて気づかなかったけど。聞いているうちに、もしかするとこれはわたしのことを話しているのではないかと思い当たったのだ。

わたしは、母が人知れず産んだ子どもだったという。そして、出生届が出されないままに、わたしは成長した。社会との接点は一切なく、わたしは世の中から抹殺されるもなにも、はなから存在すらしていない透明人間だった。

すべて自分のことであるはずなのに、わたしにはどうしても、全然知らない遠くの人の人生を聞かされているような気分だった。

マスコミの報道を知り、母は自ら警察に出向いたらしい。そして、こう供述した。

「本当は、産んだらすぐなかったことにしようと思っていたんです。けれど、あの子があまりにも可愛くて、それを一日伸ばし、一日伸ばしするうちに、情がわいてしまい、やっぱり自分で育てようかという気持ちに変わりました」

母は、わたしを産む前にも、二つの命を身ごもっていた。そして、それら二人の嬰児を自らの手で終わらせたという。母が逮捕されたのは、わたしへの虐待容疑ではなく、その男の子たちに対する保護責任者遺棄容疑によるものだった。

母の供述通り、遺体は家の地下室から発見されたそうだ。ビニール袋に密閉され、更に衣装ケースに入れられた二人の遺体は腐敗が進み、白骨化していた。二人とも男の子で、つまりわたしには、二人の兄がいたことになる。

そういえば、何度か母に言われたことがあった。

「お母さんはね、きれいな女の子のお母さんになりたかったの」

わたしはその言葉を、何気なく聞いていた。でもそこには、本当に深い意味があったのだ。もしもわたしが男の子として生まれていたら、二人の兄たちと同じ運命を辿っていたのかもしれない。

けれど、幸か不幸か、わたしは女の子だった。名前を与えられたのはわたしが初めてで、それまでに生まれた二人の男の子には、名前すら与えられなかった。

ただ、世間をもっとも驚かせたのは、母の次の供述だった。

「わたしが、娘の目を見えなくしたんです」

そして、その理由がまた、更に世間を驚愕させた。

「娘に、自分の顔を見られたくなかったから」

なんて身勝手な犯行なのだと、世の中の人々は憤慨した。わたしは、常軌を逸した冷酷な母親の元で育てられた、気の毒すぎる盲目の少女ということになった。まるで、残酷極まりない現代のグリム童話だと騒ぎ立てられた。

母の供述を信用するなら、わたしは生まれた時から目が見えなかったのではなく、人生の途中までは目が見えていたということになる。わたしにその記憶はないけれど、もしかすると、そうなのかもしれない。母がわたしの目に入れたというのは、薬品やアルコールなどだった。

母からの証言により、わたしのおおまかな年齢が推定された。ただ、母はわたしを、その前の二人の男の子同様家のトイレで産み落としたので、母が子どもを身ごもり出産した、という事実を語れるのは、母自身しかいなかった。

こうして、生まれてから二十数年後にわたしの誕生日が決定され、わたしの戸籍が作られた。

誕生日に関しては、わたしが十歳の誕生日の出来事を覚えていたのも大きな裏付けとなった。決定的となったのは、あの日わたしと母を写真に収めた写真館のおじさんだった。おじさんがわたし達のことを覚えており、その上、写真館に正確な日付が残されていた。おじさんが、その日に来た客の詳細を、きちんとノートにまとめていたからだ。

そして、その日から遡ってちょうど十年前にあたる日が、わたしの生まれた日として登録された。

そのことから計算すると、保護された時、わたしは二十五歳になっていた。もう、全然、子どもではなかった。マスコミはその事実を、四半世紀もの間自宅に監禁されていた、と声を荒げて報道した。十一歳の誕生日はおろか、二十歳の誕生日すらとっくに過ぎていたのである。

その四半世紀のうち、五分の一ほどを、わたしはあの家でたったひとりで過ごした計算になる。けれどこれは、母自身、家を出たのがいつなのか記憶が曖昧であるため、その数字もあまりはっきりしない。その間に唯一、わたしが社会と接点を持てたのは、地震だった。あの揺れを思い出すだけで、わたしは内臓がゆさゆさと揺さぶられるような気がして、いまだに気持ちが悪くなってしまう。

「十和子」というわたしの名前を決めてくれたのは、わたしが保護された施設のある町の市長さんだった。とわの漢字を変えることについて、わたしにも意見が求められた。それは、とても異例なことだったらしい。通常は、赤ちゃんの状態で遺棄され、保護されるものだから。まだ乳飲み子の赤ちゃんに、意見を聞くことはできない。

母がわたしにつけた「とわ」を受け継ぐ形にしてくれたのは、わたしへの優しい配慮だったと想像する。それにわたしは自分を「とわ」だと思っているし、急に違う名前を与えられても、馴染めるかどうか自信がない。けれど、同時にまた、わたしは過去の自分と決別し、新たな人生を歩む必要があった。

「十和子」という名前について、スズちゃんはとても弾んだ声で教えてくれた。

「とってもきれいな名前よ。とわちゃんにぴったり。十はたくさんって意味だし、和というのは、調和とか平和の和でしょ。最近は子ってつく名前の女の子が減ってるっていうから、逆に新鮮な気がする」

「ここに、その字を書いて」

わたしは、自分の左の手のひらノートを広げて差し出す。スズちゃんは、わたしにもその動きがわかるよう、ゆっくりと線を紡いでいく。「和」は少し複雑だったけど、「十」と「子」はすぐにでも覚えられそうだった。

「うん、いい名前」

スズちゃんは、納得するように言った。

その日から、わたしは「田中十和子」として人生を歩み始めた。

日本人の苗字で多い佐藤や鈴木、高橋、渡辺、伊藤などの候補の中から、直線だけで作られた「田中」という苗字が選ばれたのだ。もしかすると、視覚障害者のわたしでも書きやすいよう、画数の少ない字を選んでくれたのかもしれない。本籍地は、わたしが最初に保護された児童養護施設になった。戸籍はわたしの名前だけで、両親の欄は空欄だ。母は、わたしに対する行為により、母親としての親権を剝奪された。母自身、わたしの父親が誰かは特定できないという。

一連の出来事を知ったオットさんから、ある日、わたし宛に手紙が届いた。そこには、オットさんが母の父、つまりはわたしの祖父の大親友だったことなどが記されていた。婿養子として祖母の家に入った祖父は、最初から祖母とはそりが合わず、夫婦といえども形だけの関係だったそうだ。唯一祖父をなぐさめたのは娘である母の存在で、祖父は母を溺愛した。

文学青年で時々同人誌に短編小説や詩を発表していた祖父は、母によく本を読んであげていたという。母がわたしに読んで聞かせてくれていた「いずみ」という詩も、もともとは祖父が母にプレゼントしたものだった。けれど、病気がちだった祖父は、ある日、この世を去ってしまう。

大親友であるオットさんに残された遺書には、娘を頼むと書かれていた。祖父の保険の受取人になっていたオットさんは、そのお金でわたし達が必要とする生活必需品を購入し、毎週水曜日に届けてくれていたのだ。わたしが読んでもらっていた本も、祖父の蔵書からオットさんが選んでくれたものがほとんどだったという。もしかすると母もまた、同じ本を祖父に読んでもらっていたのかもしれない。

オットさんからの手紙で知った事実は、もうひとつある。

母には、顔の一部に大きな痣があったのだ。生まれつきあったもので、母はそのことで、実母に虐げられていた。可愛くない、恥ずかしい、みっともない、そんな言葉を毎日のように浴びせられていたそうだ。

もともと母の生まれた家は、地元でも名の知れた裕福な家だった。けれど母の母、つまりわたしの祖母に当たる人は、まるで野良猫を追い払うように、ある日、二十歳になったばかりの母に貯金通帳を渡し、家から追い出した。わたしと母が暮らしていたあの家は、祖母が所有していた不動産のひとつだったという。それでも、母とわたしが暮らしていくための生活費が十分にあったとは言えない。それで母は、自らの体を売ることで、収入を得ていたのだ。「お仕事」とわたしが無邪気に呼んでいたのは、そういうことだった。わたしひとりが、何も知らないままパンケーキを食べていた。


実際の年齢が判明した以上、わたしは児童養護施設を出なくてはいけなかった。それでも、保護から一年もの間、そこに居場所を作ってくれたことは、周囲の温かい配慮だったに違いない。

施設にいる間、わたしは毎日欠かさず、一日二回、足の裏の筋肉を鍛える運動を余儀なくされた。文字通り、物理的な意味で自分の足を使って歩くために、わたしは自らの足の裏に土踏まずを生みだす必要があった。それが、わたしの自立には、欠かせないことだった。

わたしみたいな足の裏をした人間を、ヘンペイソクと呼ぶことも初めて知った。初めて知った言葉をいちいち挙げていったら切りがないけれど、ヘンペイソクという単語はわたしにとって重要だった。わたしは早く、ヘンペイソクを卒業しなくてはいけなかった。

歯の治療が終わったのは、保護されてから一年以上が経ってからだった。毎回、不気味な音のする機械で歯を削られたり苦い薬を詰められたりと苦行の連続だったが、後半はオムツをしないでも治療に挑めるようになり、そのことがわたしに自尊心をもたらした。

スズちゃんの手を借りず、ひとりでお風呂に入って体や髪の毛を洗えるようにもなり、トイレでもトイレットペーパーを上手に使えるようになった。食事の後は、必ず歯も磨いた。

それでも、食事に対する異常な行動は、なかなか制御することができなかった。どんなに量を食べても、満たされるということがなく、更に食べ物を欲して盗み食いまでしてしまうのだ。それに、出されたものは、よく嚙みもせずにあっという間に平らげてしまう。

大きな物音がするとパニックになり、本来食べ物ではないはずの鉛筆なども、カリカリと齧って口に入れてしまう。鉛筆が食べ物ではなくて筆記用具だということを思い出したのは、児童養護施設に保護されてずいぶん経ってからだ。今思えば、わたしはよく、鉛筆を齧って飢えをしのいでいた。

大きな声や、聞きなれない音に慣れる訓練も必要だった。まずはそういう音が録音されたＣＤを部屋にかけ、じょじょに体が音に馴染むように訓練した。

どの訓練も、それ自体はわたしにとって決して心地のよいものではなかった。けれど、厳しい訓練の後には、たっぷりとご褒美が用意されていた。わたしはそのご褒美欲しさに、嫌な音を聞かされたりすることにも辛抱した。

ご褒美の筆頭は、なんといっても本である。わたしは再び、物語と出会うことができたのだ。そのことは、わたしをとびあがるほど喜ばせた。まるで、懐かしい幼馴染と道端でばったり再会し、お互いに相手の体を胸に抱きよせて、強く抱擁しているような気分だった。わたしは当初、物語は母の口の中からしか出てこないものだと思い込んでいた。

最初のうちは、スズちゃんや他のボランティアの人がわたしに本を読み聞かせてくれた。けれど、わたしが本を読むのがとても好きなことがわかってからは、録音図書を使って、ひとりでも読書ができるよう環境をととのえてくれた。ただ、施設にある録音図書には数に限りがあったため、わたしはすぐにすべてを読み終えてしまった。その上それらはすべて児童向けで、わたしにとっては少々つまらない内容だった。

ほんの少し空の方を向いた螺旋を描きながら、わたしの人生は、日々、少しずつではあるものの、本来あるべき姿へと形を変えた。

けれど、その間もずっと、わたしを絶えず悩ませているものがあった。悪臭である。臭い、臭い、嫌な匂いがする、そう夜中に大声で騒ぎ、周囲の人たちを困らせたのも、一回や二回の騒ぎではない。表面的には石けんやシャンプーなどのいい匂いがするようになっても、根底にはどうしても、あの匂いが離れないのだ。そして、わたしは自分自身がその悪臭の根源であるように錯覚してしまう。

「大丈夫。とわちゃんは、少しも臭くないよ。いい匂いがするよ」

いくらそうスズちゃんに言われても、わたしは自分の体から悪臭が出ているようで、いても立ってもいられなくなる。いっそのこと、自分自身をこの手で消滅させてしまいたいような激しい衝動に駆られてしまう。

気持ちを落ち着かせる薬を飲めばその匂いも遠ざかって行ったけれど、幻の悪臭が完全にわたしの元を立ち去るまでには時間がかかった。悪臭に追い立てられるたび、わたしは自分がゴミ屋敷の出身であることを思い出し、得体の知れない大きな怒りと底のない悲しみにさいなまれた。


マスコミ報道が下火になり、完全にわたしが世間から忘れられる頃、わたしはグループホームと呼ばれる施設に移った。そこは、わたしと同じように困難を抱えて生きる大人たちが、共同生活を営む家だった。

その頃までに、わたしはなんとか、自分の足で立って歩けるようになっていた。もちろんそれは、たとえば施設内など、自分が知っている場所という限定付きではあったけれど。悪臭を感じなくなったのは、新しいホームに移って、それからしばらく経ってからだった。

グループホームに移ったわたしを待ち受けていたのは、「自立」という見えない脅迫だった。わたしは、こうなった以上、一日でも早く、自立しなくてはいけないらしい。それまでいた児童養護施設と環境が大きく変わったことで、わたしはもう一度、身近な世界を、

めさせてくれたのも母だった。

会いたいか、と聞かれても、すぐには答えられない。好きか嫌いか、恨んでいるか愛しているか、母をめぐる問いには、どれひとつとして、明確に答えることなどできない。そんな単純な話ではない。

けれど、わたしは失明の原因が未熟児網膜症によるものだと知った時、確かに嬉しかった。ホッとした。そうであってほしいと、願っていた。そして、そのことを早く母に知らせてほしいと思った。

母が自らの手でわたしの目を見えなくしたのではないという事実と、わたしが母の手によって目が見えなくなったのではないという事実は、わたしにとっても、そしておそらく母にとっても、救いになるに違いなかった。

家を出てからの二年間は、来る日も来る日も何かと出会い、受け入れる日々を過ごしていた。それはまるで、自分ではどうすることもできない濁流に飲み込まれたようなもので、とにかくわたしは、今日という日を生き抜くだけで精一杯だった。過去を振り返る余裕もほとんどなかった。

それが、三年目に自立支援ホームに移ったことで、自分の時間ができ、ぽっかりとあいた空白に手足を投げ出すことができるようになった。きっとわたしはこの時期に、疲れた体と心を休めていたのかもしれない。

何もしないでいることが、わたしの人生には必要だったのかもしれない。

一連の淡白な日常は、一本の電話により終止符を打つことになる。

声の主である盲導犬センターの男性が、わたしに合いそうな盲導犬候補が見つかったことを連絡してくれたのだ。そういえば、確かにわたしは数ヶ月前、盲導犬のリクエストを出していた。

勇気を奮い起こして白杖を手に外出を試みたものの、途中で車と接触し、怖くてそこから一歩も動けなくなってしまったことがあった。そんなことが度重なるうち、わたしはすっかり出不精になった。そんなわたしを見かねて、支援者のひとりが盲導犬ユーザーになってはどうかと提案してくれたのだ。

盲導犬どころか、犬という存在すらもよくわからないまま、白杖よりは便利だろうという簡単な理由で、わたしは申込書にサインした。決して歩行の友になれなかった白杖は、折りたたまれ、部屋のクローゼットにしまわれている。

盲導犬がきっかけとなり、とどこおっていたわたしの人生が、また少しずつ流れはじめた。

というのも、わたしは自らの意思で、あの家に戻ることを決めたのだ。このまま盲導犬と一緒にホームにいることも可能らしいが、わたしはもうだいぶ前から、あの家に戻ることを願っていた。

「遺体が見つかったのに？」

明らかに嫌悪感や驚きを示す関係者もいたけれど、わたしは、あの家が恋しく感じるようになっていた。あの家のゴミはすべて撤去されたという話だし、だからもうあそこはゴミ屋敷とは呼ばれない。それに、わたしはとわの庭がどうなっているのか、心配なのだ。黒歌鳥合唱団のメンバーにも、再会したかった。

一番の問題は、新しく戸籍が作られ、法律上、母とは縁が絶たれた形になるわたしが、あの家を引き継げるのか、ということだった。けれど、優秀な弁護士さんがその問題もなんとかうまく処理してくれた。

引越しには、わたしの友人の何人もの人が手伝いに来てくれて、その中には、以前わたしと布団を並べて寝てくれたスズちゃんの旦那さんもいた。スズちゃんは今、おなかに赤ちゃんがいる。だから、本人はどうしても手伝いに来たいと言ってくれたらしいのだが、旦那さんが説得し、代わりに旦那さんが助っ人に来てくれたのだ。スズちゃんから何度ものろけ話を聞かされていたので、わたしも旦那さんに会えるのは楽しみだった。

自立支援ホームから移すわたしの荷物自体はささやかなものだったけれど、改めて、家の中をわたしと犬が生活しやすいよう整える必要があり、改修工事が行われた。リフォームが実現できたのは公の支援のおかげだった。

もちろん家には、電気も水道も通っているし、ガスだったキッチンは、新しくIHのコンロに変えられた。浴室に置かれていた家財道具やゴミ袋も撤去されている。家具も必要最小限のものだけになり、壁には至るところに手すりが取りつけられ、以前よりもずっと生活がしやすくなった。地下室は封鎖され、わたしがよくそこからローズマリーと空を見ていた屋根裏部屋も、基本的には使わない前提で、家の中が改装された。わたしは、そこにまだローズマリーがいるのかどうかを、知らない。

慣れるには時間がかかりそうではあるけれど、わたしには、これまでいた児童養護施設や自立支援ホームより、ずっと安らげる空間になった。

夕方、手伝いに来てくれたみなさんを送ってから、わたしはとわの庭へ直行した。点字ボランティアの人に頼んで、庭の木々の名前をそれぞれ点字で打ってもらい、それをラベルにして各々の木に下げてもらっていたのだ。本当は、そのことが何よりも嬉しかったのだが、昼間は人が大勢いたので、じっくり木々と再会するのは後回しになっていた。

「モ・ク・レ・ン」「ク・チ・ナ・シ」「タ・イ・サ・ン・ボ・ク」「ナ・ツ・ミ・カ・ン」「キ・ン・モ・ク・セ・イ」「ス・イ・カ・ズ・ラ」「ジ・ン・チョ・ー・ゲ」

そう、沈丁花。いつだったか、母に沈丁花がどんな花かをたずねたことがあったっけ。その時母は、忘れちゃったわ、と言って取りあってくれなかったけれど。わたしはようやく、沈丁花に会い、その葉っぱや枝に触れることができた。

そっと、沈丁花に顔を近づけあいさつする。

「会いたかった」

わたしは、心を込めて、庭の木々たちに伝えた。

「ありがとう。あの頃、わたしのそばにいてくれて、本当にどうもありがとう」

背の高い木だけでなく、足元にもまた、たくさんの植物が生えていた。彼らの名前もわかるよう、ボランティアさんはその植物が生えている近くに石を置いて、そこに点字によるラベルを貼りつけてくれていたのだ。

わたしは地面にひざをついて、宝物を探すように、両手を這わせて名前を探す。

「ヨ・モ・ギ」「ド・ク・ダ・ミ」「ヘ・ク・ソ・カ・ズ・ラ」

「ス・ズ・ラ・ン」も見つけた。小さな花に鼻先をくっつけると、爽やかな香りがわたしを包む。美しいスズランのような人になってほしいという願いを込めて、スズちゃんの両親はスズちゃんの名前を決めたというのは知っていたけれど、こんな可憐な香りの花だったとは知らなかった。

「スズちゃん」

そう声にすると、一気にスズちゃんの優しさがよみがえった。そして、確かにスズちゃんとスズランはどこか似ていると思った。

もちろん、中には健康を害しているらしき植物もあった。けれど、わたしが心配しているより、とわの庭の植物たちは健やかそうで安心した。明日からはもう、いつでも会える。

そう思うと、なんだか言い知れない希望のようなものが心の底から湧き上がってくる。小さな小さな、泡のような光が踊るようにきらめいて、わたしを包み込む。

ここで、いろんなことがあった。この家には、幸せな楽しい思い出も、そうではない思い出も両方あるけれど、わたしが帰る場所はやっぱりここしかないのだ。そのことを実感した。

一日の終わりを感じて家に戻ると、テーブルには、引越し祝いのプレゼントが置かれていた。もったいなくて、リボンはまだほどけない。でも、気になるので、箱に添えられたカードだけは開けてみることにする。

封筒に手を伸ばし、そっとシールをはがして、そこからしっかりした質感のカードを取り出す。ふたつ折にされたカードを開くと、平面だった紙から何か立体のものが飛び出した。

紙の表面にいくつもの切り込みが刻まれていて、カードを開くことによって形が飛び出すのだ。繊細な形を壊さないよう、慎重に両手で触れながら、脳裏に立体を描きだす。

どうやら、そこにあるのはお酒の瓶とワイングラスのようだ。

「とわこ さん の あたらしい じんせい の かどで に かんぱい !」

点字で、そうメッセージが打たれている。わたしはアルコールが飲めないけれど、みんなからのカードで、まるでお酒を口にしたような、ほろ酔いの気分になった。

そっと近づき、カードの匂いを嗅いでみる。そこには、親しげな、優しい友人たちの匂いがうずくまっていた。

翌朝、黒歌鳥合唱団の盛大なコーラスで、新しい朝を迎えた。わたしがこの家に戻ってきたことを祝福するように、クロウタドリたちは朗らかに歌い続けた。まるで、おかえりなさい! と言われている気分だった。

それから数ヶ月後、盲導犬との共同訓練がスタートした。共同訓練は訓練センターに宿泊して行われるため、わたしは四週間もの間、家をあけなくてはならない。

その前に一度、日帰りで歩行体験会に参加している。だから、盲導犬と歩くことがどういうことか、一応の理解はできている。犬の世話に関しても、一通りの説明は受けた。それでも、実際にパートナー犬と生活を共にすることは、まだうまくイメージがつかめない。次にわたしがこの家に戻る時、かたわらには犬がいるのだ。

わたしとパートナーを組むことになった犬は、ジョイという名前だった。ゴールデンレトリーバーのメスで、色はイエローだという。

初めてジョイと対面した時のことを、わたしは一生忘れないだろう。ジョイは、わたしが握手するように手を差し出すと、ひんやりとした湿った鼻先を、ちょん、とまるでハンコを押すようにわたしの手の甲に押しつけてきた。それから、わたしの体の匂いを遠慮がちに数回、吸い込んだ。

わたしもその場にしゃがみ込んで、同じようにジョイの匂いを嗅ぐ。お互いに、相手の匂いを嗅ぎあった。それからジョイは、わたしの肩に顎をのせ、わたしの耳たぶをペろりと舌でなめたのだ。それが、ジョイ流のあいさつだった。

「ジョイは結構、人見知りをするタイプなんです。でも、十和子さんには、心をひらいたみたいですね」

わたしたちの様子を見ていたトレーナーさんが、弾んだ声で教えてくれた。

あいさつが終わると、わたしは本格的にジョイの体に手のひらを当てた。体は熱く、体毛の下に流れる筋肉がたくましく盛り上がっている。頭は硬くて、ていねいに触れると微妙な凹凸があるのがわかった。耳は柔らかく、わたしがそのまま顎の下に触れると、ふぅっと長いため息をついて、首をそらせた。体全体から、紅茶のような匂いがする。

本格的に生き物に触るのは、人生でこれが二度目だと気づいた。一度目は、生まれたばかりの子猫のニビ。ニビの体は何もかもが小さく、両手でぎゅーっと握ったら、骨が砕けてしまいそうだった。

でもジョイは、そうではない。ジョイが遠慮なく体を預けてくると、わたしはバランスを崩してよろめきそうになる。ジョイのしっぽは、ニビのしっぽとは比べ物にならないほどたくましく、そのしっぽでわたしの太ももや腕をバシバシ叩いた。

その日から、わたしとジョイは常に行動を共にし、トレーナーさんからの指導を受けることになった。安全に歩くための基本的な方法を学び、わたしとジョイはお互いへの絆を強めていく。

ジョイのことを知れば知るほど、わたしたちは似た者同士だというのがわかった。匂いを嗅ぐことで世界を把握するというのはもちろんのこと、ちょっと怖がりな性格や食べ物への執着心、人見知りなところが、わたしと重なる。

それにジョイは、決して優等生ではなかった。

共同訓練に進めるのは、十頭いる盲導犬候補のうち三、四頭ほどで、そこで合格しなかった犬は、キャリアチェンジ犬として一般家庭に引き取られ、ペットとしての人生を歩むことになる。

ジョイは、盲導犬として更なる訓練を受けるか、進路を変えて普通のペットとして生きるか、瀬戸際のところでギリギリ盲導犬としての道に進むことが決まった犬だった。だけど、わたしだって特別支援学校しか出ていないのだし、それだって形だけで、同世代の人たちが当たり前に身につけている知識を全くといっていいほど知らない。だから逆に、ものすごい優秀なエリート犬とパートナーを組むことになったら、わたしは気後れしてしまったかもしれない。そういう面でもジョイこそが、わたしのベストパートナーだったと確信する。わたしとジョイは、出会うべくして出会ったのだと。

盲導犬との歩行は、ユーザーであるわたしと盲導犬であるジョイとの共同作業だ。責任は、五十パーセントずつある。

わたしは当初、盲導犬のハーネスさえ握れば、盲導犬が率先してわたしを目的地までタクシーのように連れて行ってくれるものだと勘違いしていた。けれど、指示を出すのはあくまでわたしであり、わたしの指示が間違えれば、ジョイもまた間違った行動に出てしまう。主導権を握っているのは、わたしだった。ユーザーの命を守るというのは盲導犬の大事な義務だけれど、その義務を果たしてもらうために、ユーザーもまた、盲導犬に協力しなくてはならない。

シット、ダウン、ウェイト、アップ、ゴー。

適切なタイミングでジョイに指示を出し、それが上手にできた時は、グッドという声で褒めてやる。ユーザーに褒められることが、盲導犬にとっては何よりも一番のご褒美なのだ。

「いかに気持ちよくジョイに仕事をしてもらうかを考えるのが、十和子さんの役目ですからね。だから、上手にできた時は、いつでもたっぷり褒めてあげてください。そうすればジョイは、十和子さんにもっと褒められたくて、いい仕事をするようになります」

トレーナーさんは事あるごとにそう言った。ただ命令に従わせようとしても、犬は喜ばない。だから犬が楽しく仕事ができるよう、ユーザーは環境を整えてあげるのだ。

ジョイとの信頼関係は、日に日に深まった。ジョイはよく言えば大らかな性格、少々意地悪な言い方をすればマイペースなところがあり、自分の意思がはっきりしていて、自らの意思で何かをやる分には積極的になるのだが、自分の気にくわないことに関しては、それを見て見ぬふりをするというか、サボる癖があった。それが、盲導犬には向かないのではないかと判断されそうになった最大の理由だった。

けれど、わたしはそんなジョイが、憎めない。憎めないどころか、日増しに愛しさがわいてくる。特に、一日の訓練を終えてハーネスを外すと、ジョイは我が物顔でわたしに飛びつき、遊ぼう、遊ぼうと誘ってくる。大好きなおもちゃのボールを投げてやると、夢中でそれを追いかけ、わたしの手に戻そうとする。その遊びを延々と繰り返すのだが、自分が飽きるとパタッとやめて、いくらわたしがボールを投げても、もう見向きもしなくなるのだ。盲導犬としての仕事の時以外、ジョイは徹底して好きなことしかしない。

ジョイとは、寝る時も一緒だった。

夜になると、ジョイはわたしが寝ているベッドのすぐ横のケージで眠るのだが、そばに生き物がいる安心感なのか、わたしは深く眠れるようになった。ジョイの寝息がきこえてくると、わたしはジョイのしっぽをつかんで波のない穏やかな海を漂っているような気分になり、そのまま自然な流れで寝入れた。その効果はすでに第一日目の夜から表れ、ぐっすりと眠っていたわたしは、ジョイの温かい舌で起こされたほどだ。

交差点の渡り方や電車のホームを歩く時の注意点、バスや電車、レストランでのマナーに加えて、ジョイの健康を維持するためのブラッシングの仕方や健康チェック、トイレのさせ方や食事の与え方。わたしが覚えなくてはいけないことは、山のようにあった。

でも正直、特別支援学校でのお勉強よりはるかに楽しかった。だって、わたしのそばにはいつもジョイがいて、ジョイの顔にはたいてい笑顔が浮かんでいたから。

ジョイという名前は、仔犬時代のジョイを世話したパピーウォーカーさんがつけたという。盲導犬候補となる犬たちは、生後二ヶ月で母犬から離され、それから一歳になるまでの時期を、パピーウォーカーさんの家族と過ごす。こうして、人間からたくさんの愛情を受けながら、人との接し方や基本的な生活のルールを学ぶ。

ジョイは、喜びという意味だ。これ以上ジョイに、ふさわしい名前は考えられない。ジョイはいつだって、笑っている。わたしにジョイの実際の笑顔は見えないけれど、ジョイが笑っていることは気配でわかる。ひっ、ひっ、ひっ、ひっ、と短い呼吸の音がするし、そんな時は勢いよくジョイのしっぽが振られている。ジョイがしっぽを振れば、風が起きる。ジョイが笑うと、その場所全体が明るく澄んだ空気に包まれるのを感じる。ジョイは、喜びながら生きている。

そんなジョイがそばにいることで、わたしの人生もまた、明るい方へと導かれたのだろう。わたしはジョイと歩いていると、とてつもなくまぶしい光を感じるようになった。まるで、光でできたトンネルの中を歩いているような気持ちになるのだ。そんな時、ジョイは必ず微笑んでいる。まるで、ジョイもまた、同じように光のトンネルを歩いていることを感じているみたいに。

訓練センターでの四週間は、あっという間だった。

最後、わたしとジョイは単独での歩行試験にのぞみ、なんとか協力しながら合格し、ジョイは晴れて、盲導犬として認定された。そしてわたしには、盲導犬使用者証が発行された。つまり、ジョイが十歳の誕生日を迎えて盲導犬を引退する日まで、わたしとジョイは共に人生を歩むことが裏づけられたのだ。

訓練センターで行われた出発式の後、わたしとジョイは歩行指導員さんに見守られながら帰宅した。そして、二、三日かけて今度は近所での歩行指導を受け、ジョイと日常生活を送る際の具体的な注意点や理解を深めた。

「最初から完璧を目指す必要はありません。どんなに慣れた盲導犬ユーザーでも、新しいパートナーと息が合うまでには、ある程度の年月がかかります。だから焦らなくても、大丈夫です。とにかく、十和子さんが外を安心して歩けるようになること。そのことをジョイが、喜んでサポートできるようになること。大事なのは、それにつきます。だから、失敗を恐れず、ジョイとの散歩や生活を楽しむことから始めてください」

荷物をまとめた歩行指導員さんは、玄関先で最後にそう言ってくれた。それは、濃密な時間を共にした人からのお別れの言葉のようで淋しい響きも感じたけれど、これから人生を共有するわたしとジョイへの、温かいエールの言葉だった。

この言葉に、わたしとジョイはどれだけ勇気をもらったか。こうしていいよいよ、本当にジョイとの暮らしが始まったのだ。

自分以外の誰かと密接に生活を共にするのは、母と暮らしていた幼い頃以来だった。ジョイと暮らすことで、自分がずっと求めていたものの正体がわかった。わたしは、誰かの温もりを求めていたのだ。そしてジョイは、わたしが渇望していたものを、日々、惜しみなくわたしに恵んでくれた。

とは言え、ひとり暮らしになってジョイを迎えたことで、やることは劇的に増えた。そのため、一日の時間の流れも様変わりした。

それでも、黒歌鳥合唱団がわたしに朝を告げるのは変わらない。そしてジョイが、それを補う。わたしの目覚まし時計はふたつに増えた。たまにわたしがそれでも寝たままでいると、ジョイは少々手荒なやり方で、わたしを起こそうとする。

一緒に暮らすようになってわかったのだが、ジョイは何かを要求する時、クシャミをするのだ。意図的にクシャミをすることが、ジョイの得意技のひとつだった。そしてジョイは、わたしに起きてほしい時、わたしの耳元で容赦なくクシャミの芸を披露する。

「さぁ、起きましょう。新しい一日の始まりです。朝ごはんの時間ですよ！」

目を開けると、わたしのすぐそばにジョイの顔が迫っていて、わたしにはまるで、ジョイのキラキラと輝くふたつの瞳が見えそうになる。

「おはよう、ジョイ。今日も一日楽しく過ごそうね」

わたしはジョイの頭を撫でながら、ジョイに朝のあいさつをする。こうして、わたししたちの一日がスタートする。

朝一番にすることは、トイレだ。ジョイを庭に出し、そこでトイレをさせる。

「ワン、ツー、ワン、ツー」

ワンはおしっこ、ツーはうんちの指示語である。わたしはジョイの気配に耳をすまし、排泄が済むのを辛抱強く待っている。ジョイのトイレのリズムを把握し、適切なタイミングでジョイにトイレを促せるようになることが、まずは当面の課題である。

トイレが済んだら、いよいよ朝ごはんだ。ジョイが、待ちに待っている時間である。

ジョイは食欲旺盛だ。体重は一般的なゴールデンレトリーバーよりも少なめなのだが、痩せの大食いなのか、とにかくたくさん食べる。市販のフードだけでは便秘になってしまうので、フードの上に柔らかく煮込んだ野菜や新鮮な果物をトッピングする。

わたしも、ジョイに朝ごはんをあげるタイミングで果物などを口にするのだが、ジョイとの早食い競争にはいつも負けてしまう。ジョイは慌てて食べるせいか、しょっちゅう、食べている途中で立派なゲップをする。

朝食後は、しばしお互いの自由時間だ。ジョイは、食後の惰眠が大好きなので、よく、縁側に手足を投げ出して寝そべっては、日光浴をしながらまどろんでいる。

わたしが再びこの家に住むことになった時、庭の一角に、板を渡したデッキが作られたのだ。わたしはそこを勝手に縁側と呼んでいる。縁側は、わたしとジョイがゴロゴロするのにちょうどいい大きさで、わたしもジョイも、天気がいいとよくそこで日光浴をする。

朝食で使った食器を洗い終えたら、家の中全体を片づけ、掃除をする。トイレやお風呂場もきれいにする。もし、自分ひとりだけで生活していたら、ここまで徹底しなかったかもしれない。けれど、今はこの家にジョイがいる。ジョイが誤って危険な物を口にしないためにも、床には物を置かず、うっかり落ちてしまった物は、その都度拾って片づける。それが、自分で自分に課したルールだった。

家の中をきれいにしておくのは、わたし自身のためでもある。ジョイが家に来たばかりの頃、ジョイが遊んだまま放置していた音の鳴るおもちゃに足をのせ、危うく転倒しそうになった。うっかりジョイのおもちゃのぬいぐるみを踏んで、ジョイを踏んだかと勘違いし、冷や汗をかいたこともある。

けれどすべての物を定位置にきちんと戻しておけば、ハプニングに焦ることもないし、いざという時にそれをすぐに見つけ出すことができる。それにわたしは、もう二度とこの家を、かつてのようなゴミ屋敷にはしたくない。それは、使命というより恐怖感に近い感情だった。

一通りの家事を終え、それでも時間があれば、わたしは庭に出て庭仕事をする。そんな時、わたしは必ず裸足になる。裸足になると足の裏の感覚が目覚め、世界の形をよりくっきりと掌握できる。

たまに、自分で拾い忘れたジョイの落し物を踏んでびっくりすることもあるけれど、だからと言って、靴のまま庭に入る気にはなれない。わたしにとって、とわの庭は、誰かの大切な皮膚と同じだった。大切な人の肌の上を、靴のまま歩こうとは思わない。

それに、裸足で庭に下り立つ方が、植物たちの声をうまく聴き取ることができるのだ。

足の裏にも、顔と同じように目や鼻や口や耳があって、そこが直接地球と対話しているような気持ちになる。

愛しい植物たちの枝や葉に手のひらでそっと触れ、彼らからの言葉にならない声をキャッチする。その植物がいい状態なのか、それとも何らかの不調を訴えているのか、じっくりと耳をすましていれば、やがて確かにそれは聴こえてくる。わたしは自分自身がアンテナになったような気持ちで、植物からのメッセージをキャッチする。それから手のひらで土に触れ、植物たちとの会話を楽しむ。

とわの庭の一角には、兄たちのお墓も作った。実際の骨を埋葬することは叶わなかったけれど、その場所には石で囲いを作って、ジョイも入れないように工夫をほどこした。常に何らかの花が咲くように種を蒔くか、球根を植えている。

わたしは時々そこへ行き、兄たちに話しかける。もしかしたら、わたしがここまで生き延びられたのは、兄たちがわたしを守ってくれたからなのかもしれない。彼らの短い命が、わたしに生命力を与えてくれていたのかもしれない。そんなことに感謝しながら、兄たちの分まで生きることを約束する。

わたしが庭仕事をしていると、朝のうたた寝から覚めたジョイが、わたしのところにトコトコやってきて、そろそろお散歩に行きませんか？　と訴える。

「よーし、お散歩に行こう！」

わたしが言うと、ジョイは急にいきいきとしっぽを振り、わたしの太ももを遠慮なく叩いて、早く、早く、と催促する。

「ジョイ、ワンだよ。ワン、ワン」

わたしはジョイに再びトイレを促す。ジョイが庭の一角で用を足す間、わたしは手を洗って足を拭き、更に靴下を履いて外出する準備をする。トイレを済ませたジョイは得意げにわたしのそばにやって来て、自分にハーネスがつけられるのを待っている。ハーネスは、ジョイにとって制服のようなものだから、ハーネスを身につけたとたん、ジョイは仕事モードに切り替わる。そのスイッチは本当に見事で、それまでじゃれたり甘えたり好き勝手にしていたジョイが、頼もしい盲導犬へと変身する。

「ジョイ、ゴー」

わたし達は、並んで家を出る。

ジョイと出会うまで、どうしてもひとりで外出しなくてはいけない時は、白杖を使っていた。常に前後左右に気を配りながら、白杖の先で探り探り、わたしは前に進んでいた。後ろから猛スピードで近づいてきた自転車に、危ない！　と怒鳴られたり、白杖を動かしてゆっくり信号を渡っていたら、ベビーカーを押す女性から、邪魔なんだけど、と小声で言われたこともある。舌打ちをされることもしょっちゅうで、わたしは次第に外に出られなくなった。

自転車や車が怖かったのはもちろんだけれど、それよりもわたしは、人が怖くなってしまったのだ。わたしの過去を知る人たちは、児童養護施設の職員さんもボランティアのみんなもわたしに親切にしてくれたけれど、わたしがただの視覚障害者として世間に放り出された場合、人々は決して優しくなかった。優しいどころか、とても冷たい仕打ちをされることの方が多かった。

けれど、わたしの歩行相手が白杖からジョイに変わったとたん、そんな空気が一変した。たくさんの人が、わたしに、というか、ジョイに話しかけてくれるようになったのだ。

白杖の時、歩行はあくまで移動の手段にすぎなかった。だから、その時間や距離が短ければ短いほど、わたしを安心させた。けれど今、わたしは歩くことそのものを楽しめるようになった。散歩することそれ自体がわたしとジョイの目的になり、わたしとジョイの散歩の時間は、いつだって喜びにあふれている。

「グッド！　ゴー。グッド！　ゴー」

ジョイは、首輪につけた鈴を鳴らしながら、誇りに満ちた足取りで闊歩する。盲導犬は滅多に吠えることがない。だからその存在場所を把握するために、たいてい首輪に鈴をつけている。仕事の時のハーネスと違い、首輪はシャンプーの時以外は常に身につけているものなので、家の中でも、ジョイが動くたびに鈴が鳴るし、ジョイが寝返りを打っただけでも鈴の音が響く。

その鈴が、散歩の時は特に大きく響く。わたしの錯覚かもしれないけれど、家の中では何気なく聞き逃しているジョイの鈴の音が、散歩になるとわたしの耳にはっきりと聞こえてくる。ジョイのハーネスからも、その時のジョイの状態が伝わってくるけれど、わたしは鈴の音の響き方で、ジョイが緊張しているのか、それともリラックスして歩いているのかを判断することが多い。

わたしが障害物にぶつからないようううまく歩行ルートを定め、段差や曲がり角がある時はその存在をわたしに知らせてくれる。けれど、犬には信号の色の違いが見分けられないので、信号を渡るかどうかは、わたしが周囲の音に耳をすまし、最終的な判断を下す。

わたしの頭の中には、近所の地図に匂いや音、道の表面の感触などで旗印をつけたわたしだけの脳内地図があり、わたしはその脳内地図のどこを自分たちが歩いているのかを常に把握しながら目的地に向かっていく。特に頼りになるのは、ラーメン屋さんやとんかつ屋さんだった。洋菓子屋さんやパチンコ屋さんも、頼みの綱だ。

それでも、コンビを組んでまだ日が浅いわたしたちは、たまに曲がる道を間違えてしまう。そんな時は、家の近所でも、いきなり異次元に足を踏み入れてしまった気分になり、一瞬冷や汗をかく。

けれど、かたわらにジョイがいてくれるおかげで、わたしは通りすがりの誰かに道が聞けるようになった。白杖の時は、自分から声をかけて道をたずねるなど、恐ろしくて絶対にできなかった。そういう時は、誰かが声をかけて助けの手を差し伸べてくれるまで、わたしはただひたすらそういう親切な人が現れるのを待つしかなかった。

でも今なら、たとえ迷宮に足を踏み入れてしまっても、誰かに助けを求めれば、きっとどうにかなるだろうという安心感がある。何か問題が起きたらどうしよう、と常に怯えていた白杖の時とは、雲泥の差なのだ。

散歩の長さも目的地も、その日次第だ。スーパーで買い物をする時もあれば、豆腐屋さんに立ち寄って、豆腐とおからドーナツを買うこともある。

わたしは、世の中に豆腐という食べ物があることを、施設に保護されてから初めて知った。そういう食べ物は他にもたくさんあったけれど、中でも豆腐は、わたしを驚かせた食べ物のひとつだった。わたしは豆腐の味もさることながら、その香りが好きなのだ。豆腐の香りを嗅いでいると、気分が落ち着く。だから、散歩ルートに豆腐屋さんがある時は、ジョイが気になる匂いに誘われてついふらっと道を外れてしまうように、わたしもついつい、豆腐屋さんに入ってしまう。そして自分用の豆腐を一丁と、ジョイのおやつのおからドーナツを購入する。ジョイはいつも、豆腐屋さんが近づくと少しだけ早足になる。

もっとも長い散歩になるのは、わたしが図書館に行く時だ。だいたい、二週間に一回くらいの割合で、図書館に足を運ぶ。最寄りの図書館までは、結構複雑な道のりを行かなくてはならない。バスに乗れば、停留所三つ分の距離だが、そこを目の見えないわたしが道を探しながら歩くとなると、結構な時間がかかる。

天気予報で雨が降らない日を選び、あまり暑い日だとジョイもわたしも途中でバテてしまうので、念入りに気温もチェックし、図書館に行く日を決定する。そして、その日は庭仕事を休みにするか手短にすませ、おにぎりを作ってお弁当を用意し、もちろんジョイのためのご褒美おやつもたっぷり持って、図書館に向かう。

「今日は、遠足に行くよ！」

こう言えば、ジョイはその目的地が図書館であることを理解する。

録音図書の存在が、わたしに生きる希望を与えてくれたのだ。わたしは長らく、母がその本を読んでくれなければ、物語の世界に触れることのできない環境にいた。けれど、わたしが知らなかっただけで、世の中には、音声による本というかＣＤが存在した。

そもそもわたしを盲導犬ユーザーへと駆り立てたのも、録音図書がきっかけだった。とにかくわたしは、本が読みたかった。お願いすれば、ボランティアで図書館通いをサポートしてくれる人は見つかっただろう。けれどわたしは、図書館に漂う空気というか、本の匂いそのものが好きなのだ。だから、常にボランティアの人がそばにいて待たれる状態より、誰に気を使うこともなく、好きなだけ図書館の中に身を置いていたかった。たとえわたしには墨字（すみじ）の本が読めなくても。本のそばに身を寄せているだけで、安心だった。

わたしは本という形そのものが好きなので、録音図書を借りる場合でも、その元になっている本もなるべく一緒に借りるようにしている。そして、録音図書を聞く時は、元になっている本も一緒に前に置く。表紙を手でなぞり、なんとなくこの辺かな、というのを想像しながらページをめくり、紙の匂いそのものを嗅ぐ。そうすると、物語がよりわたしの内面に迫って、物語の世界を深く味わえるような気がする。

録音図書で読書を楽しむうちにだんだんわかってきたのだ。言葉にも蜃気楼というかオーラみたいなものがあって、ただ音として聞き流すのではなく、じっくりと手のひらに包むようにして温めていれば、そこからじわじわと蒸気のように言葉の内側に秘められていたエキスが、言葉の膜の外側ににじみ出てくるということが。

わたしはそんなふうにして、言葉がわたしの体温と同化して微熱を帯びるまで、じっと待つ。最初は、早く物語を聴き終えることだけにこだわっていた。けれど、読書に早い遅いは関係ない。それよりも、どれだけ言葉の向こう側に広がる物語の世界と親密に交われるかが、読書の醍醐味なのだ。

わたしは、一歩進んでは立ち止まり、空を見上げたり風を感じたりしながら、言葉の吐息を実感した。その吐息をそっと自分の体に吸い込んで、物語を味わい尽くす。わたしにとって読書とは、食べることにも似た、物語に宿る命そのものを自分に取り込む行為だった。

わたしは、ひとりで図書館に行けるようになりたい一心で、履きなれないスニーカーにも慣れようとしたし、長い距離を歩けるよう体力をつける努力もした。いつの間にかわたしの足の裏には、鉛筆がスムーズに通るくらいの立派な土踏まずができ、わたしの体をしっかりと支えてくれている。

図書館で本や録音図書を借りて家に帰る時は、毎回、わくわくした。帰り道の公園のベンチでおにぎりを頬張りながら、早く読みたくて、うずうずする。そんな時わたしは、自分が今、生きていることを素直に喜べた。

音声読書を始めて最初の頃は、どうしても物語を読む声のどこかに母の声を探してしまったけれど、その感覚も少しずつ薄れ、わたしは物語そのものに没頭できるようになった。物語に聞き入ることで、わたしは自分の過去を忘れることができたし、自分の知らない新たな世界を知ることもできた。もっと読みたい、もっと聞きたい、物語の続きを早く知りたいという欲望が、わたしの生きる意欲を高めてくれた。

わたしがソファで読書を楽しむ間、ジョイはいつもわたしの太ももに顎をのせて、まるで自分も物語に聞き入っているような振る舞いをする。ジョイもジョイなりのやり方で、読書の時間を楽しんでいるのだ。

　音声図書だけでなく、目の見えないわたしをサポートしてくれるものは他にもある。デイジー図書もそのひとつで、これは音だけで成り立つ映画だ。映画の音声に、更にそれぞれの場面や状況を説明した音声がつけられているから、これがあれば晴眼者(せいがんしゃ)ではないわたしでも、映像を思い浮かべて楽しむことができる。

　それに、音声読み上げ機があれば、郵便物も手紙も読んでくれるし、時間はかかるけれど墨字で書かれた本の読書も可能だ。通帳やレシートの数字も教えてくれる。他にも、スマートフォンでその物の写真を撮るだけで、画像を解析してすぐにそれが何かを教えてくれるアプリもある。

　わたしはもう、缶詰の中身がわからなくて途方に暮れることはなくなった。写真を撮れば、その中身が桃なのか蜜柑なのかミートソースなのかを瞬時に、そして正確に教えてくれる。スーパーに買い物に行って、塩とコショウ、シャンプーとリンスを間違って買ってしまう心配もない。色も教えてくれるので、わたしはショッピングだって楽しむことができる。

　ある時、ふと思いついてジョイの写真を解析してもらったら、「クリーム色の赤い首輪をした犬です」とのことだった。わたしはずっと、ジョイは黄色い犬だと思っていた。だってジョイは、ゴールデンレトリーバーで色はイエローだと教えられたから。でも、どうやらわたしの方が間違っていたらしい。それでわたしは、ジョイの体の色をクリーム色へと修正した。

黄色い鳥は存在するのに黄色い犬は存在しないなんて、ちょっと理解に苦しむけれど、それが世の中の常識だと言われてしまえばそれまでだ。それでも、ジョイの姿を想像する時、わたしはどうしても癖で、いつもまぶしいような気持ちになる。

夕方になると、わたしはラジオを聞きながら、晩ご飯の支度をする。これといって手の込んだものを作るわけではない。ご飯は炊飯器に入れてスイッチを入れれば勝手に炊いてくれるし、顆粒だしを使えばお味噌汁も簡単にできる。野菜は切ってそのまま食べるか、もしくは焼くかのどちらかだし、肉や魚も基本的には調味料をつけて火を通すだけだ。それでも、食卓を整えていると生きている実感が湧いてくる。今日も一日、ジョイと無事に過ごせたことに感謝したいような気持ちになる。

季節は、そろそろ冬になろうとしていた。

わたしに冬の到来を教えてくれるのは、銀杏(ぎんなん)だ。銀杏の匂いが完全に姿を消したら、もうそこには立派な冬将軍が仁王立ちして待っている。

その日は、スーパーに買い物に行った帰りだった。荷物が多くなってしまったので、わたしは最近、買った商品を自宅まで届けてもらうサービスを利用している。手ぶらで帰れるようになったわたしは、スーパーから出ると、少し遠まわりをして商店街にある洋菓子店に立ち寄り、ケーキを買って帰るようになった。ケーキは傾かないようリュックの一番下に入れてある。

ジョイと並んで歩いていると、あのぉ、と遠慮がちな声で女性に声をかけられた。年の頃は六十代前半で、体は痩せている。背は、わたしよりも少し大きい。わたしはそういう相手の情報を、声から判断できるようになりつつある。

「こんにちは」

相手の声のする方に体を向けながら、わたしは言った。その家の前を通ると、いつも、思わず深呼吸したくなるような、ふくよかな香りがする。

「ごめんなさい、急に呼びかけてしまって」

彼女は恐縮するように言った。それからその場にかがみこんで、

「いつもお利口さんで偉いねぇ」

と、今度はジョイに対して親しげに話しかけた。いつも、ということは、わたしとジョイを見かけるのが今日初めてではないということだ。

唐突に、その人は言った。

「もしよろしかったら、お茶でも飲んでいきませんか？」

わたしはびっくりして、言葉に詰まってしまう。歩いていて、ジョイに話しかけられることはあっても、わたし自身がお茶に誘われたのは初めてだ。

わたしの中に起きた戸惑いを察したのだろうか。彼女は言った。

「あなたにきちんとお話ししたいと思っていたんです。でも、なかなか勇気が出せなくて……。だからいつも、あなたとワンちゃんが通り過ぎるのを、見送ってたんですよ。勝手に盗み見してたみたいで、ごめんなさいね」

その人は、緊張感を孕んだ声で言った。そんな展開になるとは予想もしていなかった。

けれど、わたしも以前からその家の匂いが気になっていた。せっかく声をかけてくれたの

だし、家に上がってお茶をもらうことにする。相手の声や話し方から判断する限り、何か事件に巻き込まれたりするような雰囲気ではない。

「ありがとうございます。では、お言葉に甘えてちょっとだけ」

わたしがそう答えると、女性がホッとして顔の表情を変えるのが、ほんの一瞬見えたような気がした。

家の中に入ると、摩訶不思議な匂いはますます強くなる。

「これ、何の匂いですか？　いつも、家の前を通ると、この匂いがしてて、わたし、気持ちのいい香りだなぁ、って思ってたんです」

玄関先でジョイのハーネスを外しながら、わたしは彼女にたずねた。許されるなら、ジョイみたいにもっと思いっきり、全身を鼻にしてクンクンしたい気分だった。

「艾（もぐさ）のこと？」

「もぐさ？」

もぐさなんて響きの言葉は、これまでに読んだ物語の中に、一度も出てきたことがない。

「そう、さっき母にお灸をしたから、その匂いがまだ残っているのね」

「もぐさって、植物ですか？」

「そうだけど、若い方は艾なんて、知らないわよね。ヨモギは聞いたことあるかしら？」

「あ、わかります」

とわの庭にも生えている。

「あのヨモギの葉っぱの裏に生えている、白い綿毛を集めて、乾燥させたのが、艾。それに火をつけて治療をするのが、お灸」

彼女は言った。説明を聞いただけではまだ全貌がつかめないけれど、艾がヨモギの綿毛だということはわかった。

自宅ではないので、ジョイを玄関先で待機させようとしたら、ワンちゃんも一緒にどうぞと言ってくれたので、常備している濡れタオルでジョイの脚の汚れを拭き、それから彼女に案内してもらって部屋の方に足を踏み入れた。部屋の中に物がたくさん置かれていることは、声の反響の仕方で察しがつく。足元には、どら焼きの皮に似た弾力の、ふかふかとした絨毯が敷いてある。

「どうぞ、こちらへおかけください」

椅子に案内され、わたしはその椅子に着席する。ジョイはすぐに、わたしの足の甲を枕にして、リラックスの態勢に入っている。

「紅茶かコーヒー、中国茶、それにハーブティーもありますけど。何がお好みかしら？好きなのを、おっしゃって」

彼女は、冷蔵庫を開け閉めしながら言った。

「では、紅茶をお願いします」

わたしは言った。

コーヒーは、人生でまだ数回しか飲んだことがない。そのいずれの時も、わたしは素直においしいと感じることができなかった。ただ、コーヒーの香り自体は嫌いじゃない。

「とりあえず、自己紹介しましょうね。いきなり話しかけられて、驚かれていると思いますから」

お茶の用意をしながら、彼女が言う。

「わたしは、シミズマリです。マは魔女のマ、リは里って書きます」

そう説明されても、わたしは漢字のシルエットを思い描くことができない。だからわたしは、心の中で、魔女のマリさんと呼ぶことにした。わたしも、自己紹介する。

「数字の十に、平和の和、子どもの子で、十和子です」

魔女のマリさんが、じっとわたしを見つめているのを感じた。

しばらくすると、わたしの前に、かぐわしい香りの紅茶が置かれた。かたわらには、焼き菓子もあるらしい。マリさんが、どうぞ、とすすめてくれる。これまでに飲んだどの紅茶よりもおいしい紅茶だった。

「何からお伝えしたらいいのかしら?」

長い沈黙が続いた後、魔女のマリさんはぽつりと言った。それから意を決したように、語り始めた。

「わたしはね、この家で生まれ育ったの。ここは両親の家であると同時にわたしの実家でもあって、今はね、寝たきりの母とふたりで暮らしているの」

マリさんは、ピアニストだった。若い頃はヨーロッパに音楽留学し、そのまま現地で出会った、マリさん曰く、金髪の元美少年と結婚したという。

結婚生活は平穏だった。子どももふたり誕生し、マリさん自身もプロのピアニストとして、ささやかではあるが音楽活動もできるようになっていた。

父親が認知症であることが発覚したのは、そんな時だった。母親ひとりでは父親の面倒が見きれないため、マリさんは頻繁にヨーロッパと日本を行き来するようになった。それでも、最初の頃は夫の協力もあり、なんとかやれていたのだという。けれど、そのうち夫婦関係がぎくしゃくするようになり、結局、下の息子が小学生になるのを待って離婚した。下の息子を連れて本格的に日本に戻ってからは、ここでピアノ教室を開いて生計を立て、父親の看病との両立をはかっていたという。

「うちの一番奥にね、ピアノのある防音室があるんですけど、そこからね、十和子さんの家の一部が見えるんです」

一通り、この家に戻った経緯を話し終えた後、マリさんは静かに続けた。ピアノという単語に、自分の心のどこかがぴくんと反応するのがわかった。

「その音、わたし、聞いてました、か?」

わたしは、ぼんやりと当時のことを思い出しながら言った。言いながら、あの頃窓を開けると聞こえてきたピアノの音の連なりが、耳の中で軽やかにジャンプする。

「多分、そうだったと思います」

マリさんは、慎重に、ゆっくりと答えた。

「屋根裏部屋の窓を開けると、ピアノの音が流れてくるんです。ピアノは、母がレコードでよく聴かせてくれたから知ってました」

わたしはまるで、今、その時の自分にタイムスリップし、あの窓からピアノの音を聞いているような気分になる。そうしていたら、涙がスーッと頬を流れた。ピアノの音色になぐさめられていた記憶が、ふいによみがえったのだ。

魔女のマリさんは言った。

「だからわたし、もっと前から気づいてたんです。あそこに、女の子がいる、って。そのことを、どうしてもあなたに謝りたくて。本当にごめんなさいね。あの時、あなたが苦しんでいたのに、わたし、わかってて何もしなかったの。事件のことを知って、すぐにあの家の女の子のことだ、って気づきました」

マリさんもまた、泣いているのかもしれない。

「そんなの、マリさんのせいじゃありませんから、気にしないでください。それにわたしは、あの時のピアノに、助けられていたんです」

わたしは言った。わたしは、マリさんに感謝の気持ちを伝えたかった。

「ピアノの音が聴こえてくると、なんだかわたし、安心できたんです。それに、すごく素敵な音だったし」

「近所迷惑になるから、基本的にピアノ室の窓は閉めて弾いてたんです。でもたまに、介護に疲れたり苛立ったりすると、外の風を感じながらピアノの鍵盤を思いっきり叩きたくなる時があって。わたし、人生に絶望しながら、弾いてたんですよ」

魔女のマリさんは、少し落ち着きを取り戻した声で言った。

「でもわたしには、そんな音には聞こえなかったです」

わたしは言った。

「わたしたち、ずっと前からすでに知り合いだったんですね」

わたしがそう声に出したちょうどその時、部屋の中で鳥が鳴いた。

ぱっぽぉ、ぱっぽぉ、ぱっぽぉ、ぱっぽぉ、素朴な音が規則正しく十二回鳴り、その音と一緒に高音のベルも鳴っている。さすがに気になるのか、眠っていたジョイがわずかに頭をもたげた。

「あー、もうお昼になっちゃった」

魔女のマリさんが、椅子から立ち上がった。

「今の音は、時計なんですか？」

わたしは、興味津々にたずねる。

「鳩時計なの。時間になると、窓から鳩が顔を出して、教えてくれるんです。それに合わせて、女の子がベルを鳴らすの。十二時は十二回。

父と母がわたしの家族に会いにヨーロッパまで来てくれた時、父が気に入って、南ドイツで買った時計なんです。夜中でも鳴ってうるさいし、もう取りはずそうって思ったりもしたんですけど、なんだか父の形見のような気がしちゃって。

物に執着しない父だったから、父が自分から何かを欲しがるなんて、珍しいんです。それに、このふいご式の音、ちょっと間が抜けてて、憎めないっていうか」

魔女のマリさんは言った。

マリさんは、小さな女の子がぴょんぴょんと弾んで歩くような話し方をする。だからマリさんの声を聞いていると、ランドセルを背負って先を歩く活発な女の子の後ろ姿が見えそうになる。

わたしには、鳩時計が一体全体どんな形をして、どのような構造によって音が出ているのか見当もつかないけれど、なんだかそれは、とても温かい存在に思えた。それからマリさんは、少し急ぎ足になって歩くように、のびやかな声でこう付け足した。

「あのー、わたしはちょっと失礼して母の食事の用意をしなくちゃいけないんですけどね、もし十和子さん時間があったら、一緒に、家でお昼、食べていきませんか？ 何か、店屋物を取りますから」

スーパーで買った荷物の受け取り時間までには、まだたっぷり時間がある。でもわたしは、そんなふうに一緒にご飯を食べようと誘われるのも、初めてだ。だから、どう返事をしていいのかわからなかった。でもわたしも、もっと魔女のマリさんと話がしたい。本能的に、マリさんが好きになっていた。

「いいんですか？」

わたしがもじもじしながらたずねると、

「もちろん！」

マリさんが即答する。

マリさんが手際よくお母さんの食事の用意をする間、わたしはあの頃のことを思い出しながら、ひとり物想いにふけっていた。確かに自分の人生のはずなのに、まるで別の人の人生のように感じるのが不思議だった。

マリさんが、お昼に天丼の出前を取ってくれた。わたしがお財布から自分の代金を払おうとすると、これはわたしからの気持ちだからと、マリさんは絶対にお金を受け取らない。

結局わたしは、マリさんからお昼の天丼をご馳走してもらうことになった。

蓋を開けると、ふわりと甘辛いタレと香ばしいごま油の香りが広がる。

天ぷらは、水曜日のオットさんが届けてくれる食料の中に、たまに入っていた。だから、味は知っているつもりだった。でも、マリさんが取ってくれた天丼の天ぷらは、わたしが知っている天ぷらとは、全然違うものだった。衣には、まだカリッとした部分が残っていて、ごま油の最高にいい香りがした。天ぷらの上からかかっているタレも、甘すぎず辛すぎず、ご飯粒にしっとりと馴染んでいる。

「おいしいです。天ぷらって、こんなにおいしかったんですね」

わたしは言った。誇張でもお世辞でもなく、わたしがこれまでの人生で口にした天ぷらの中で、飛び抜けておいしい。

「あー、よかった。なんだか今日は、朝から天丼が食べたかったのよ。わたしね、母の介護でむしゃくしゃすると、こうやって、ちょっと豪華な店屋物頼んで、憂さ晴らししてるの。でも、天丼はひとつだと持ってきてくれないから、今日は十和子さんと一緒に食べられて、本当によかったわ」

「最近、ピアノは弾かないんですか?」

わたしは聞いた。確かさっき、マリさんは介護に行き詰まると外の風を感じながらピアノを弾いて気を紛らわすと言っていたはずだ。

「たまーに、ね。でも、今は母のお世話でそんなに時間がないし、それにわたし、ひどい腱鞘炎になってしまって、うまくピアノが弾けなくなってしまったの。それで、今は教室もお休みしているの」

「ごめんなさい」

わたしはマリさんに謝った。本人はあっけらかんと打ち明けたけれど、わたしが軽はずみな質問をしたばっかりに、とても辛い事実を話さなくてはいけなくなってしまったのだ。

「いいのよ、気にしないで。ピアノは、いつか趣味にするつもりだから。今はちょっと、距離を置いているだけ。いつかきっと、仲直りできる日が来ると思うわ」

そう言いながら、マリさんがわたしの湯のみ茶碗にお茶を注ぎ足してくれる。天丼が来たので、お茶は紅茶ではなく、緑茶になっていた。

分厚いイカも、プリッとしたエビも、サクサクの蓮根も、香りのいい牛蒡(ごぼう)も、すべておいしい。わたしは夢中で食べていたが、ふと気になって、マリさんが食べているスピードに探りを入れる。

マリさんは、ゆっくりゆっくりゆっくり、味わって食べていた。それでわたしも後半は、マリさんを真似して、ゆっくりゆっくりゆっくり、ひと粒ひと粒のお米とあいさつをかわすようなつもりで食べる。

鳩時計が、のどかな声で一時を告げた。この家には、春の陽だまりに似た、心地よい時間が流れている。

マリさんが、空っぽになったふたつの器を下げるタイミングで、わたしは言った。

「よかったら、わたし、ケーキふたつ買ってきてあるので、食後のデザートに、一つずつ、食べませんか?」

それは、さっきからずっと頭の中で考えていたことだった。天井の代金を、マリさんは頑なに受け取ってくれなかった。だから、天井をご馳走してもらったお礼に、わたしも何かお返しがしたい。

「いいの？」

マリさんが、明るい声でたずねてくる。わたしはてっきり、遠慮されて断られるかと思っていた。でも、マリさんからは予想を裏切る答えが返ってきて嬉しくなった。さすが、魔女のマリさんだ。マリさんは続けた。

「あれ、駅前に新しくできたケーキ屋さんでしょ？　前から、評判は聞いてたのよ。でも、午前中に買いに行かないとなくなるって言われて、昼間はなかなか家を離れられないし、買いに行くの、あきらめてたの」

「そうだったんですね。だったら、ちょうどよかったです。いつもわたし、せっかく行くから違う種類をふたつ選んで買ってくるんです。玄関に置いてあるので、マリさん、好きな方を選んでください」

わたしは言った。今日も、プリンと、シュークリームを買ってきてある。その店でケーキを買うことが、わたしにとっては唯一のぜいたくと言えることだった。箱はさっき、横になるといけないので、リュックから出してある。

「それでは、お言葉に甘えて遠慮なく」

マリさんはそう言うと、たったったったっ、と軽い足取りで玄関へ行き、洋菓子店の箱を手にして戻ってきた。さっそく箱のふたを開けたマリさんから、歓声があがる。わたしはまるで、自分でそのケーキを作ったかのような、誇らしい気分になった。マリさんとなら、友達になれそうな気がする。

ケーキを前にして、わたしたちは再び、話に花を咲かせた。そして、ふと会話が途切れたタイミングで、マリさんが唐突に言った。

「実はね、母が、幼い頃の十和子さんとお母さんを、何度かお見かけしているらしいんです。この話、してもいいかしら?」

わたしには、マリさんがわたしをじっと見ているだろうことがはっきりわかった。わたしの過去に何があったかを知る人たちの中には、あえてそのことには触れないようにする人がいる。それも、わたしに対する優しさなのだと理解している。けれど、魔女のマリさんはそういうタイプの人ではなかった。

「もちろんです。教えてください」

わたしは言った。目の前で、マリさんが息をのむ。それから、一気に喋りはじめた。

「母は、ちょっと変わった体質っていうか、あんまり長く睡眠が取れない人なんです。若い頃からそうで、だからよく、眠れないとこの辺を夜中に散歩してたんですよ。

その母がね、ある日、電話でわたしに言ったんです。わたしが、留学している時でした。昨日も夜中に公園を通りかかったら、女の子とお母さんが、遊具で遊んでいた、って。お母さんはいつも、頭からスカーフをすっぽりかぶっているって。

母にはそれが異常なことに思えたみたいで、それでわたしに電話で話したんだと思います。でもわたしは、電話代がもったいないし、頭からスカーフをかぶることなんて、イスラム教徒の女性だったら別段珍しいことでもなかったので、相手にしなかったんです」

報道によると、わたしの母は自分の顔を他人に見られたくないという理由から、ほとんど外出しなかったという。どうしても外出しなくてはいけない時は、顔全体をすっぽりと覆うようなスカーフをかぶっていたらしい。

でもわたしには、ひとつ、気になる点があった。

「女の子とお母さんが、公園で遊んでいたんですよね？　だったら、それは……」

わたしではない。だって、わたしが外出をしたのは、二十五歳までの人生で、たった一回しかないのだ。十歳の誕生日に、母に連れられて写真館へ行った。それが、唯一のお出かけのはずである。

「女の子は、とても楽しそうに、夜中に滑り台で遊んだり、ブランコに乗ったり、砂場で砂遊びをしていたんですって。だから母も、こんな時間なのにどうして？　って思いつつも、声をかけることはなかったそうです。普通の親子に見えた、って話してました」

わたしは、つむじ風に巻かれているような気分で、マリさんの言葉を聞いていた。だけどやっぱり、わからない。わたしは、その場で口をつぐむことしかできなかった。

「ごめんなさいね、変なこと言い出して。気にしないで。母の、記憶違いかもしれないし」

マリさんは言った。

「それにしても、ここのケーキ、本当においしいわね」

マリさんが、会話の内容を方向転換する。

結局、わたしは午後二時過ぎまでマリさんの家におじゃまし、緑茶に続いて中国茶までご馳走になった。

「楽しかったです」

玄関先で、ジョイにハーネスをつけながらわたしが言うと、

「わたしも楽しかった！」

マリさんは、心の底から愉快そうに言った。

「友人として、よかったらまた、一緒にお茶かランチでもしません？」

「もちろん、喜んで」

わたしは答えた。

「天丼、ご馳走さまでした。本当においしかったです」

「こちらこそ、おいしいシュークリームを、ありがとうございました。またね」

魔女のマリさんが、ジョイにもあいさつをしてくれる。それからわたしは、ジョイと並んで歩き始めた。

まぶたの裏に浮かんでくるのは、真夜中の公園で、幼い娘と遊ぶ母親のシルエットだった。まさか。わたしはその考えを、何度も打ち消す。わたしと母のはずがない。そもそもわたしには、外を歩くための靴だってなかったはずなのだ。でも、もしも、もしもそれが、本当にわたしと母なのだとしたら。

わたしにもかつて、母親と公園で普通の親子のように遊ぶ時間があったということだ。滑り台をしたり、ブランコに乗ったり、砂場で遊んだりするのは、すべて夢の中だけだと

思っていた。でも、わたしにも、そんな時代があった？

信じられないけれど、もし本当にそうなのだとしたら、それはとても、とてつもなく幸せなことに思えた。少なくとも、世間が言うような異常な親子関係ではなく、ごくありふれた愛情が、母にもあったということだから。ほんの一瞬でも、一欠片(ひとかけら)でも、それがあったのなら、わたしは人に思われるほど不幸ではない。その、確たる証明になるような気がした。

やがてとわの庭ではサザンカが咲き、わたしとジョイは、初めて共に冬を過ごした。ジョイは犬のくせにコタツが好きで、わたしがコタツに入って本を読んでいると、自分も真似をしておしりとしっぽをねじ込んでくる。けれどしばらくすると体が熱くなるのか、大慌てでコタツから飛び出し、ハァハァいいながら床に寝そべって体を冷やす。そしてまた、コタツに入って暖をとる。

ハーネスを外して家にいる時のジョイは、よもや現役の盲導犬とは思えないほどのだらしなさで、何も知らずに初めて家に来てジョイと会う人は、普通にペットとして飼われている犬だと勘違いするらしい。ジョイが盲導犬であることを打ち明けると、たいていの人はあからさまに驚愕する。

ジョイは、そんな相手の反応を見て、楽しんでいるふうでもある。ハーネスをつけ、仕事中のジョイは、どこの盲導犬にも引けをとらないくらい、立派に任務を遂行する。

年が明けると、少しずつ、空気中に紛れる香りのカプセルが増えてくる。わたしは、ジョイと並んで歩きながら、そのカプセルを探し出し、自らの息でグイッと引き寄せ、その香りを体に取りこむ。そうすると、自分の世界がまた一段と豊かになるのを実感する。

その日は、五年ぶりの大雪だった。外の世界に雪が降り積もっていることは、雪の匂いで一目瞭然なのだ。五年前に降ったという雪は、はたしてわたしが屋根裏部屋から手を出して、手のひらに受け取った雪だろうか。

「雪が降ったんだって」

わたしは、とわの庭にも積もっているだろう雪を見つめながら、ジョイに話しかけた。するとジョイが、キュゥウゥウゥ、と甘えた声を出す。

「ジョイ、外を歩きたいの？」

そうすると、また同じように鼻声で鳴いた。

「だって雪だよ。上手に歩ける？」

わたしがジョイにたずねると、ジョイは興奮したようにしっぽを激しく左右に動かす。

「ジョイ、そんなにしっぽ振ったら寒いよ、風邪引く」

笑いながらわたしが言っても、ジョイはしっぽを振り続ける。ジョイのしっぽが扇風機のように風を集めて、わたしの体に冷たい風を送りこむ。

「よし、じゃあ、お散歩に行ってみようか。雪道を歩くよ」

わたしの言葉に、ジョイが喜びのあまりジャンプした。ジョイに庭でトイレをさせてから、わたしたちは出発する。

外は、静かすぎるくらい静かだった。まるでこの町には、わたしとジョイ以外、誰も人が住んでいないかのような完璧な静寂に包まれている。雪自体は、もう降っていなかった。ジョイが雪を踏むたびに、サク、サク、と音がした。その音が、なんだか林檎を食む音に聞こえてくる。林檎はジョイの大好物で、わたしが台所に立って林檎の皮をむき始めると、家のどこからでも飛んできて、早くちょうだいとおねだりする。

長靴の底に伝わるのは、きゅっと踏み固めた雪の感触だった。いつも歩いている散歩道でも、足の裏に伝わる感触が違うと、まるで知らない町を旅しているような不思議な気持ちになる。雪が、世界を新しくするのだ。

ただ、本来盲導犬がユーザーに教えなければいけない段差の存在も、雪のせいでわかりづらい。だからこれは、わたしにとってもジョイにとっても、雪道を歩くいい訓練になる。

「グッド、ジョイ、グッド!」

ジョイが、曲がり角の存在を正確に教えてくれるたび、わたしはジョイを賞賛する。

ジョイと歩くうちに、わたしにも、ここに曲がり角がある、というのが、だんだんわかるようになってきた。横に建物や壁がある時は閉塞感があるのだけど、それがなくなって道が開けたとたん、パッと解放されたような感じになる。そんなこと、白杖歩行の時は全く感じられなかったから、やっぱりわたしはジョイと歩くことで余裕ができ、視覚以外の感覚から情報を得て、それで世界を再構築する能力が磨かれつつあるのかもしれない。

魔女のマリさんの家からは、やっぱり艾の匂いがした。艾と雪の匂いが絡み合って、見知らぬ国みたいな匂いになっている。

あれから何度か、マリさんと一緒にお茶をした。マリさんの家にはいつもたくさんの茶葉が常備されていて、しかも毎回ティーバッグを使わずに、本式のやり方で淹れてくれる。マリさんは、あまり家を離れられない。だからいつも、わたしとジョイがお呼ばれする。

マリさんの家でお茶に呼ばれるようになってから、同じコップでも、水を注ぐのと白湯を注ぐのと熱湯を注ぐのとでは、微妙に音が違うことに気づいた。わたしは水辺の音が好きなので、マリさんがヤカンに水を注いだり急須にお湯を注いだりする音を聞いているだけで、満ち足りた気持ちになる。

一度、マリさんがわたしにもお灸をしてくれたことがあった。肩が凝っていることを話したら、マリさんがそれならお灸がいいと言って、その場でやってくれたのだ。あの時のことを思い出すと、わたしはうっとりしてしまう。森の長老の精に煙で魔法をかけられているような気持ちになって、わたしは夢見心地だった。終わってから、肩周りがぐんと軽くなって驚いた。

それもあって、魔女のマリさんの家には、はっきりと、艾の刻印が押されている。わたしは、この香りに出会うたび、ホッとして、肩の力がふわりと抜けるような感覚になる。

魔女のマリさんと出会い、友人になれたことは、わたしの人生に大きな意味をもたらした。ジョイといい、スズちゃんといい、マリさんといい、わたしはつくづく、出会いに恵まれている。

雪道を歩きながら、わたしはしみじみとそんなことを思っていた。

まだ風が冷たいうちから、もうすぐ春が来ますよ、とこっそり教えてくれるのは、黄色い花がうつむくように咲くロウバイだ。蜜を薄めたような、奥ゆかしい香りが冬の終わりを告げる。

それから、ジンチョウゲ。

沈丁花は、夜になるといっそう存在感を増し、甘酸っぱい軽やかな香りが、春の到来を既成事実にしてくれる。やがてモクレンとの、香りの共演が始まる。

モクレンが一気に花びらを落とすと、バナナに似た爽やかな甘い香りが流れてくる。カラタネオガタマの登場だ。カラタネオガタマからタイサンボクへとバトンが渡されると、季節は夏へ向けて一気に加速する。

わたしは、空気中にゆったりと漂う柔らかな羽衣(はごろも)を引き寄せるように、ある香りに狙いを定め、息を吸い込む。空気中には、常にいくつもの香りが、ゆらゆらと踊るように入り乱れている。

もしもどこかの庭から花の香りがしてきたら、わたしはその香りの出所まで近づき、そして運良くそこに誰かがいたら、その人に花の名前をたずねるようにしている。ジョイとの散歩を繰り返すうち、自然とそんな芸当が身についた。そうやって、わたしは花の名前を香りで覚える。

本当に運がいい時は、その庭の主人が花の枝を分けてくれたりする。そんな時は大事に家に持って帰って、まずは小さな植木鉢で挿し木をし、順調に根がついたらとわの庭に地植えする。そうすることで、とわの庭にまた、新しい仲間が増える。

花だけでなく、すべての物にも、また、すべての人にも匂いがある。指で触れたあらゆる物に指紋が残るように、匂いもまた、その場所に人や物の痕跡を残す。

初めて嗅ぐ匂いは、左よりも右の鼻孔から吸い上げた方が、よりくっきりとした輪郭を現すこともわかってきた。同じ匂いでも、右で嗅ぐか左で嗅ぐかで微妙に異なり、わたしの場合は、右から吸い上げた方が、より好ましく感じることが多い。

だからわたしは、まずは右の方から匂いを嗅ぐ。自分の好みの匂いに出会うと、その場に寝転がって手足をバタバタさせながら、悶絶したいような気持ちになる。

いつからか、わたしにとって、人の存在というのは花束のようなものになった。人には、それぞれの匂いがあるけれど、みんな違う。それは、いろんな花が集まってひとつにまとめられた花束のようなもので、強い華やかな香りを出す人もいれば、ちょっとしおれたような、けれど不快ではない複雑な匂いを放つ人もいる。ひとりの人の匂いでも、そこにはいくつもの匂いが紛れていて、それがひとつに合わさって、その人独自の花束になる。


夏至の日だった。

わたしは、ジョイと電車を乗り継ぎ、待ち合わせをした動物園前の駅の改札近くで、その人が来るのを待っていた。少し前、わたしは動物に関する面白い本に出会い、その本を読み終える頃には、どうしても動物園に行ってみたい、という気持ちが抑えられなくなっていたのだ。それで、一緒に動物園に行ってくれる付き添いボランティアさんのリクエストを出していた。その人とわたしのスケジュールが最短で合うのが、たまたま夏至の日だった。

「お待たせしてしまって、すみません」

向こうからきれいな香りの花束が近づいてくるな、と思って期待に胸をふくらませながら待っていたら、ラッキーなことにその人だった。同じ視覚障害者の中には、声からその人の第一印象を受け取るという人もいるけれど、わたしの場合は匂いから、その人の印象を決定づけることが圧倒的に多い。

その人は、とても健やかな匂いを漂わせていた。健やかというのは、嫌味がないというか、朝の光に近いような、そんな透き通った美しく澄んだ香りだ。

「今日は、わざわざお時間を作ってくださって、ありがとうございます」

わたしが右手を差し出すと、その人も右手を差し出し、握手をかわす。これは、わたしが自分なりに編み出した相手を知る手段で、握手した手をさりげなく自分の鼻先に持ってきて匂いを嗅ぐことで、相手の匂いをより身近に感じることができるのだ。

そうすると名刺をもらわなくても、わたしは嗅覚という記憶の襞に、その人の存在を留めることができる。匂いというのは、その人の身分証明書のような役割を果たす。

「田中リヒトです。よろしくお願いします」

目の前に立つその人は、少し緊張したような声で言った。年の頃は、おそらく二十代半ばだろうか。痩せ型で、軽く微笑みながら話しているような朗らかな声が印象的だった。リヒトなんて、まるで外国の小説に出てくる名前みたいだ。確か、理性のリに、人と書いてリヒトと読む。

「わたしは十和子で、この子はジョイといいます」

足元にじっと伏せをしていたジョイの頭を撫でながら、ジョイのことも紹介する。

偶然にも、わたしたちは同じ苗字だった。お互いに田中さんと呼び合うのも変なので、最初から下の名前で呼び合うことになっていた。

「では、行きましょうか？」

リヒト君は言った。わたしはジョイを立ち上がらせ、リヒト君の肩に右手をのせる。背は、それほど高くない。

リヒト君は、わたしとジョイが歩くスピードに合わせ、一歩先をゆっくりと歩いてくれる。こうして、わたしは生まれて初めて、動物園に足を踏み入れた。

リヒト君にお願いしたかったのは、動物たちの様子を、わたしに言葉で伝えてくれることだ。実際に目の前にいる動物たちが、どんな動きをし、どんな仕草でエサを食べるのか、実況中継してほしいのだ。わたしは動物たちの発する音や匂いを感じながら、リヒト君の言葉で動物たちのイメージを立体的に膨らませる。そんなことが実現したら、どんなに楽しいだろうと思った。

リヒト君も、そしてジョイも、わたしを急かさなかった。ふだんボランティアさんに付き添いをお願いする時は、その人を待たせたりすることにどうしても罪悪感を感じるのに、リヒト君に対してはそういう申し訳ない気持ちに最初からならない。それは、自分でも不思議な反応だった。

もしかすると、リヒト君自身が、動物を見るのを楽しんでくれていたせいかもしれない。

今までお世話になったボランティアの人とは、明らかに違うタイプだ。だからわたしも、リヒト君に遠慮することなく、好きなだけ動物たちとの対面を味わうことができた。

「今、小さな猿が十和子さんに投げキッスをしましたよ」

「象が一生懸命、鼻で砂をすくって自分の体にかけています」

「たった今ライオンが立ち上がって伸びをしました」

「二頭のキリンが、脚を折り曲げて並んで座って、めいそう中です」

めいそうが瞑想だと気づくまでに多少の時間がかかったけれど、リヒト君の説明というか独り言は、ユニークで面白かった。

途中で一回ジョイにトイレ休憩をさせ、わたしとリヒト君もそれぞれソフトクリームとコーラで栄養を補う。暑いので、こまめに水分補給をしないと、人も犬も参ってしまう。

木陰にあるベンチに座って、体を休めた。

背中や額に、汗が流れる。すぐそばに、ふだんは決して会えないような様々な動物たちがいることを思うと、それだけで胸が躍りそうだった。動物園で食べるソフトクリームは、いつになく濃厚な味がする。

風が吹くたび、動物たちの匂いが、まるで貢ぎ物を献上するみたいにうやうやしく運ばれてきた。多くの人は、目が見えないことを不便だと感じるのかもしれない。けれど、わたしにはこれが当たり前なのだ。確かに、目が見えていたら嫌なことや怖いことに遭遇する確率は減るだろう。でも、見えたら見えたで、嫌なことや怖いことがなくなるとは限らない。いや、見えるからこそ、嫌なことや怖いことが増えることだってありえるのだ。

それに、わたしの場合は見えないからこそ自由に、際限なく想像することが許される。象もキリンもライオンも、わたしは本当の姿を見たことはない。それらのイメージはすべて、わたしの中の想像上の生き物だ。

でも、わたしは聴覚や嗅覚、触覚など他の感覚を駆使して、視覚からの情報不足を補うことができる。粘土で何かの立体を生みだすように、透明な手で、わたしだけの象やキリンやライオンを形作ることが許されているのだ。いつか技術が発達し、頭の中のイメージがそのまま形になって現れることが可能になったら、そしてそれを本物の象やキリンやライオンに見せたら、あまりの違いに驚いて、おなかを抱えて笑い転げるかもしれないけれど。

「それって、負け惜しみなのかなぁ?」

わたしがたった今頭の中で考えていたことがリヒト君に伝わるわけないのに、なんだかわたしは声に出して言ってみたくなった。

「負け惜しみ、ですか?」

「わたし自身が、自分の目が見えないことをそれほど不幸なこととは感じていないこと、もちろん不便なことは色々あるけど」

一瞬、リヒト君と今日会ったばかりだということを忘れそうになっていた。なんとなく、屋根裏部屋でローズマリーと話しているような気持ちになった。でも、リヒト君とはほんの数時間前に初めて会い、しかも彼は視覚障害者であるわたしのサポートに来てくれたボランティアの学生さんなのだ。

「それは、十和子さん自身が、光に守られているっていうか、光そのものだからじゃないですかね？」

「光に、守られている？　わたしが？　わたし自身は、光を見ることができないのに？」

わたしには、リヒト君の言わんとしていることがよく理解できない。

「さっき、待ち合わせをしたじゃないですか？　その時に、なんていうか、十和子さんが光そのものに見えたっていうか。正直言うと、すごく、まぶしかったんです」

わたしも、数時間前に会った時の、リヒト君の第一印象を思い出した。

美しくて健やかな、誰からも好かれる花束みたいな人。でも、その時感じたことを、うまく言葉で説明することができない。うまく言葉にできない代わり、わたしは手に残っていたソフトクリームのコーンをむしゃむしゃと口に含んで咀嚼する。

わたしにとっては、目が見えないことよりも、飢えに苦しむことの方がよっぽど辛かった。コーンだけをかじっていたら、ふとそのことを思い出した。もう二度と、あんな空腹感を味わうのだけは、絶対に嫌だ。それだけは、はっきりしている。

「行きますか」

リヒト君の声に、わたしよりも早くジョイが反応して立ち上がった。

いつかアフリカに行って、動物園で飼育されているのではない、自由に大地を移動する象やキリンやライオンを近くに感じてみたい。

自分の足で立ち上がった瞬間、唐突にそう思った。壮大で、贅沢すぎる夢であるとわかっていても、強く念じる自分がいた。決して不可能なことではないと背中を押す、もうひとりの自分が立っている。

一通り動物たちを見終わる頃には、すでに待ち合わせをした時間から数時間が経っていた。すべての動物の前で立ち止まり、時には動物たちが昼寝から目を覚ますまでベンチに座って待ったりもしたので、たっぷりと時間がかかった。ジョイも、さすがに疲れたのか、脚が重くなっている。

出口を目指して歩きながら、リヒト君は謝った。

「すみませんでした」

「えっ？」

わたしはリヒト君に謝られる理由が思いつかない。どうしてだろう？　と思っていたら、

「だって僕、あまりにも説明が下手で、全然役に立っていないっていうか」

リヒト君はぼそぼそとした口調で言った。

「そんなこと、ないです。それに、わたしは今日、動物園に来られてとても楽しかったし」

手のひらには、ついさっき子ども動物園で触れた動物たちの手触りと匂いが、まだ色濃く残っている。本当は、ポニーに乗って園内を散策するツアーに参加したかったけれど、それができるのは小学生以下の子どもに限られていた。

でもその代わり、うさぎやモルモット、山羊やロバには直接手で触れることができた。やっぱり、実際に自分の手で触って形を感じたり匂いを嗅いだりすると、そこに生き物が

いるのだということをすとんと納得する。動物たちの毛はそれぞれ違う手触りで、たとえ同じ種類の動物であっても、鼓動の速さや息遣い、口からただよう匂いも体全体の温もりや湿り気も、一匹ずつが決して同じではなかった。

「ありがとうございました」

動物たちに触れた時の感動を思い出しながら、わたしは改めてリヒト君にお礼を言う。するとリヒト君は急に立ち止まった。

「あの」

リヒト君が、切羽詰まったような声を出す。わたしも立ち止まると、

「よ、よかったらまた、こういう形ではなく、会ってもらえませんか?」

リヒト君は、少しどもりがちに言った。こういう形ではなく、ということはつまり、ボランティアとしてではなく、という意味だろうか。雑踏の中で、わたしは右手をすっと差し出す。頭で考えるよりも先に、勝手に手が伸びていた。

リヒト君の両手が、わたしの右手をチューリップの花びらのようにふわりと包みこむ。リヒト君とまた会いたい、会えたら嬉しい。わたしも、動物園を歩きながら、そう願うようになっていた。

「両手に花」

動物園を出て、わたしたちは、駅まで続くほんの短い道のりを、一緒に歩いた。

わたしは言った。冗談を言ったつもりだったけど、リヒト君は何もコメントしなかった。

リヒト君とは、駅で別れた。別れてから、電車の中で何度も何度も右の手のひらの匂い

を嗅ぐ。今日の光と、風と、動物たちと、そしてリヒト君の匂いが幾重にも重なり、わたしには一瞬、虹、しかも二重にかかるダブルレインボーという幻が見えそうになる。

長時間外にいたせいで、ジョイは疲れたのだろう。わたしのスニーカーを枕にして、寝息を立てている。その様子を間近で見ているらしい女子高生たちが、くすくすと笑っている。中学生か高校生かは難しい判断だけど、じっくりと匂いを分析すると、なんとなくだが察しがつくようになった。ジョイはどこにいても、その場の空気を明るく、楽しくする才能がある。

わたしではなく、ジョイこそが光なのだ。わたしは太陽みたいに、自分の力で光を発することはできない。わたしが毎日を笑って過ごせるようになったのは、ジョイが来てからなのだから。

わたしも時々、船をこぎそうになった。けれど、乗り換えの駅を聞き逃さないよう、車内のアナウンスに意識を集中させる。

まぶたを閉じると、屋根裏部屋の窓から空を見上げる、幼い日の自分の横顔が見えた。髪の毛を風になびかせながら、その子は一心に青空を見上げている。あなたにも、こんなに幸せな日が訪れるのだと教えたら、果たしてあの子はそれを信じるだろうか。

その日から始まった一夏を、わたしはほぼ毎日のようにリヒトと会って過ごした。大学院生で、しかも卒業後は実家の旅館を継ぐことになっていたリヒトには、時間があった。リヒトは、わたしを美術館に連れ出し、なんとか言葉を駆使して、目の見えないわたしに目の前の絵や彫刻の説明を試みた。絵や彫刻などの作品は、動物のようには動かないし、手で触れることもできないのでわたしには物足りない気もしたけれど、リヒトとデートしていること自体がわたしの人生のビッグイベントだったので、どれだけ作品を鑑賞できるかは、さほど問題ではない。

わたしは、美術鑑賞よりもむしろ、その後に時間を過ごす美術館のカフェの雰囲気が好きだった。そこはたいてい天井が高くて、開放的で、人々が話す声のざわめきすらも、オーケストラの演奏のように心地よく響く。真夏の暑い日の午後、冷房のきいた美術館のカフェで過ごすことは、暑がりのジョイにとっても快適だったに違いない。

ボーイフレンドができたと報告したら、魔女のマリさんが、わたしのお古で悪いけど、と言って浴衣と帯をプレゼントしてくれた。それをマリさんに着付けてもらい、わたしは生まれて初めて花火大会にも行った。

基本的にデートにはジョイも同行したが、さすがに花火大会は、ジョイの恐怖を考慮して留守番させることにした。わたしは白杖を持つ代わり、リヒトの腕に自分の手を添えてゆっくり歩いた。リヒトと腕を組んで歩く時間そのものが、いとおしかった。

花火は、本当に美しかった。錯覚かもしれないけれど、光の濃淡を感じることができたし、音が体の奥にまで響いて内臓が共鳴するような感覚も味わえた。そして、夜空に開く大輪の花を想像しては途方に暮れた。かすかに漂う火薬の匂いもまた、わたしの本能を否応なく刺激した。

初めてリヒトの首筋の匂いを嗅いだのは、花火大会の帰り道だった。わたしはまるでジヨイがそうするように、小刻みに激しく息を吸うことで、リヒトの匂いの詰まったカプセルをもれなく吸い上げた。それから顔の匂いを、丹念にすくい取った。

公園のベンチに座ってリヒトと静かに唇を重ねながら、わたしはローズマリーと交わしたファーストキスのことを思い出していた。あの頃、友達と呼べる相手はローズマリー、ただひとりだった。

家に帰ってスニーカーを脱ぎ、浴衣も着替えて一通りジョイの散歩やおやつを済ませてから、わたしたちは、最初はとても静かに、体を寄せた。わたしとリヒトは、ただただ相手の体を抱きしめあった。

「こうしているとね、なんだかリヒトの顔が見えそうになるよ」

長い時間彫刻のように固まって抱きしめ合ってから、わたしは、リヒトの顔を丹念に両手で確かめた。

顎、喉仏、耳たぶ、唇、まぶた、頬骨、髪の毛。

顔の探検が終わると、その捜索範囲を体全体へと拡張する。

わたしは、リヒトの体の表面にほっぺたや手のひらを這わせ、「すべすべ」を探し出した。けれど、同じすべすべでも、母のすべすべとリヒトのすべすべでは、弾力みたいなものがまるで違う。

「男の人の体と女の人の体って、やっぱり違うんだねぇ」

まるで、大発見をしたコロンブスの気持ちになってわたしは言った。そんなわたしを、リヒトは褒めるように撫でてくれる。

リヒトもまた、わたしの体のすみずみを探検した。わたしは、自分の体の中心にそんな深い洞窟があることを、自分でもあまりよく知らなかった。リヒトの指の動き次第で、わたしは自分の体が溶かされていくような気分になった。

体を重ねさえすればお互いの距離が縮まって、やがて身も心もひとつになれるとでも信じているかのように、わたしたちは求め合った。何も知らないわたしたちは、夏の間中、求愛と欲情を繰り返した。


インディアンに伝わるというそのロバの寓話のことをリヒトが話したのは、夏至の出会いからふた月が経つ頃だった。わたしたちはふたりとも、一糸まとわぬ姿で、ベッドに横たわっていた。

唐突に、リヒトは言った。

「あるところにね、すごく歳をとったおじいさんと、同じく歳をとったロバがいたんだって。だけどある日、ロバが古い井戸に落ちてしまって、そこから出られなくなってしまったんだ。

ロバは、怖くて悲しくて、泣いたんだって。その姿を見て、おじいさんも悲しくなったんだ。だけど、どうしたってロバはそこから出られない。このままでは、子どもがまた井戸に落ちてしまうかもしれない。だからおじいさんは、その井戸を、埋めることにしたんだよ」

「でも、ロバは？　ロバはまだ生きているんでしょう？」

わたしは言った。手のひらに、子ども動物園で触れたロバの温もりがよみがえってくる。

「うん、だけどおじいさんにとっては、どうすることもできなかったんだ。それで、手伝ってくれる人を呼んで、上から土を入れて、生きたロバごと、井戸を埋めていったんだって」

「ひどい」

わたしは言った。もしもジョイがそんなことになったら、わたしも一緒に穴に落ちて、なんとかジョイだけでもそこから出る方法はないか、真剣に考えたはずだ。でもおじいさんは、大事なロバを見殺しにするのだという。わたしは、どうしても納得できない。

「でも、そこからがすごいんだよ」

リヒトが、わたしの髪の毛に指を絡ませながら言う。

「ロバは、ただ土砂に埋まるんじゃなくて、背中に降ってきた石や土を足元に振るい落として、少しずつその上に体をのせていったんだ。そうしたら、だんだん穴の底がかさ上げされてきて、最初は絶対に自力では這い上がれないくらい深い穴だったのに、老いたロバでも簡単に上がれるくらいになったんだ」

「それで？」

まさかそんな展開になるとは想像していなかったわたしは、早くその先が知りたくてうずうずする。

「とうとう、ロバは穴の外に出たんだって。そして、一回も振り返らずに、どこかへ行ってしまったんだって」

リヒトは言った。

「一回も振り返らずに、っていうのは、つまりおじいさんと決別したってこと？」

ロバの気持ちになって、わたしは言った。

「多分、そういうことなんじゃない？」

リヒトは曖昧に答えた。

リヒトは、わたしの過去に何があったかを知っている。実際に話して聞かせたわけではなかったけれど、かいつまんで話したら、すぐにリヒトが事件の詳細をインターネットで調べあげ、それをわたしにも包み隠さず教えてくれたのだ。

もしもそのことでリヒトにふられるなら、なるべく関係が浅いうちにふられた方がいいと思っていたので、逆にわたしの身に何があったのかを早い段階でリヒトが知ったことにホッとした。そしてリヒトは、そういうことは関係ないとも言ってくれた。だけど、急にそんなことを話すということは、やっぱり関係がある、という暗示なのかもしれない。リヒトの本心がわからなかった。

「十和ちゃんと会ってから、思い出すようになったんだ。この寓話のこと。なんで十和ちゃんは、そんなに強く、前向きに生きられるんだろう、って」

わたしのことを、そんなふうに言う人は、リヒトだけではない。それは事実だ。でもわたしは、自分が前向きで強い人間だなんて、一度も自覚したことはなかった。以前よりも前を向けるようになったのは、ジョイと出会ってからだ。ジョイが、わたしを明るい方へと導いてくれたおかげなのだ。

でも、それまでのわたしは、決して前向きな人間ではなかった。そもそも、ずっと暗闇の中にいたわたしは、光がどこにあるのかすらわからなかったし、前がどっちで後ろがどっちなのかすら、正確にはわかっていなかった。

わたしは言った。

「弱虫で、臆病だよ。だけどあの頃、助けてくれる人は周りに誰もいなかったから、自分でなんとかするしかなかったの」

だから、なんでも拾って、なんでも食べて生きのびた。

「あとは、物語のおかげかな」

母がどんな想いでわたしに本を読んでくれたのか、わからない。けれどわたしは、物語に救われた。文字通り、命を救われた。どんなに現実の世界が辛くても、物語がわたしに逃げる場所を与えてくれた。もしも、わたしの人生から物語まで奪われてしまっていたら、わたしはとっくに生きるのをあきらめていたかもしれない。

「わたしにとって、物語は命の恩人」

わたしは言った。もしも、物語にも姿や形があるのなら、リヒトの体をそうするように、わたしも物語を胸に抱いて乳房を含ませ、優しく優しくこの手のひらで慈しみたいと思った。

それからわたしたちは軽くキスをし合って、手をつないだまま眠りについた。

わたしとリヒトは、一日に一回は必ず愛し合った。そう約束を交わしたわけではなかったけれど、結果的にはいつもそうなった。手を抜いたりいい加減な気持ちで体を重ねることは、一度もなかった。裸同士で抱き合う時は、いつだって真剣勝負のような気がした。

わたしだけでなく、リヒトまでが無限の空白を必死で埋めるように、わたしを求めた。気持ちいいかと耳元でたずねられ、素直に頷くことしかできない自分が恥ずかしかった。

それが、わたしとリヒトのすべてだった。もっともっとリヒトのことが知りたくて、わたしは常に求め続けた。

「十和子は、これまでの人生で死にたい、って思ったことある？」

夏も終わりかけたある夕方、リヒトは、わたしの体とつながったまま、わたしに聞いた。

「ない、かなぁ」

わたしは、思い出せる限りの過去を振り返りながら答えた。

「リヒトは？」

わたしがたずねると、

「あるよ。これまでの人生で何回か。でも、十和ちゃんと会ってからは、一回もない」

リヒトは言った。

リヒトは泣いているようだった。わたしはそんなリヒトの顔に舌を伸ばし、上下の唇でそっと優しく涙の粒をすくい取る。リヒトの涙は、わたしの舌の上で蒸発した。うまく言葉では言えないけれど、リヒトの涙の味は、明らかに母の涙の味とは違う。わたしは生まれて初めて、みんなそれぞれ涙の味が違うことを知った。それまで、涙なんて誰でも同じ味がするものだと思っていた。

「くすぐったいよ」

わたしはリヒトの髪の毛を撫でながら声を上げる。かつて子猫のニビに、同じことをされたことを思い出しながら。くすぐったさは、やがて心地良さへと形を変える。

今から振り返ると、死にそうになったことなら何回もあった。でもそんな時でも、わたしは自分から死にたいとは、一回だって思わなかった。そもそも、自分から死を選ぶなんていう選択肢が、わたしにはなかった。

わたしはリヒトの腕に抱かれることで、目で見えるものだけが光でないことを知った。たとえ目は見えなくても、だからといってわたしの人生に光がないわけでは決してない。光は、自分自身でも作れる。だってわたしは、リヒトと体を重ねている時、確かに光を感じているのだから。

そのことを、リヒトが教えてくれた。

一体、あと何回こんなふうにリヒトと体を重ねたら、もうしなくてもいいと思えるのだろう。

だけど、最初からこうなることは、頭の片隅でわかっていたような気もする。わたしとリヒトは、急ぎすぎたのだ。急ぎすぎて、自分たちすら、その早さに途中からついていけなくなった。まるで、ガラスの器に盛られたかき氷が溶けてなくなるくらいの、あっという間の出来事に思えてしまう。一夏の恋だった。

わたしは靴下を脱いで裸足になり、日がな一日を庭で過ごす。とわの庭には、ハクチョウソウが咲いている。チョウは、鳥ではなく、蝶なのだそうだ。おそらく、蝶の形の花びらをした、可憐な花なのだろう。だけど花言葉には、「行きずりの恋」とある。なんて残酷な表現だろうか。脳裏にそのフレーズがよぎるたび、わたしはペッと唾を吐きたいような、忌々しい気持ちになる。

リヒトとの恋にうつつを抜かしている間、とわの庭には雑草がはびこっていた。草むしりをしながら、わたしは一体、リヒトのどこに、何に惹かれたのだろうか、と冷静に考えを巡らせる。

確かに、デートするのは楽しかった。リヒトのいい加減な解説を聞きながら、リヒトおすすめのアニメ映画を見るのも面白かった。他人の体を使って自分自身が心地よくなる術も知った。

それに、わたしはリヒトと出会ったことで、夜を心から好きになることができた。リヒトと同じ世界を見ていると思えることは、わたしにこれまで経験したことがないような深い安らぎをもたらした。

でも、それがリヒトでなければいけなかったという理由が、わたしにはどうしても思いつかない。リヒトにとっても、わたしでなければならなかった理由が、はたして本当にあったのだろうか。

リヒトが抜けたわたしの日常を埋めるのは、虫たちだ。とわの庭には、毎日たくさんの訪問客がやって来る。いや、彼らからしたら、わたしの方がよそ者なのかもしれないけれど。

カマキリ、テントウムシ、カエル、カタツムリ。

訪問客を見つけると、わたしはそーっと彼らを手にとって、スマートフォンのカメラを向ける。そして写真を撮って、アプリに解析をお願いする。うまく写真が撮れていれば、その生き物の名前を知ることができる。動きの早い蝶や蟬は難しかったけど、ゆっくりと動く生き物なら、十回に一回くらいの確率で、上手に写真を撮ることができた。

こうしてわたしは虫たちとの親睦を深めた。

時には、人生の晩年期を迎えた蟬を手のひらに包んで、命の儚さに思いを馳せる。もうすぐ息絶えるであろう蟬でも、手のひらから逃れようと必死にもがく姿が愛おしくてたまらない。手を空に向けて解き放つと、蟬は最後の力を振り絞ってパッと飛び立つ。

一夏の恋の熱を冷ますには、ちょうどいい薬だった。

「初めての恋なんて、そんなものだよー」

夏に起きた一連の出来事を適当にかいつまんで報告すると、スズちゃんはあっけらかんと言い放った。

スズちゃんの近くに置いた二枚重ねの座布団の上には、一歳児が眠っている。その一歳児のそばにぴったりとくっついて離れないのはジョイだ。ジョイは彼の匂いが気になるらしく、さっきからずっと張りついている。わたしは、一歳児にどう接していいかわからず、まだ触れていなかった。

スズちゃんが、息子を連れて遊びに来てくれたのだ。わたしはスズちゃんに麦茶を出し、話の続きをする。

「そんなものなのかなぁ」

少し間をあけて、わたしは言った。さっきから、風鈴が鳴っている。外はまだ、秋とは思えないほどの蒸し暑さだ。

「なんかさ、苗字が同じってだけで、運命を感じちゃったんだよ」

風鈴がリーンと涼しげな音を奏でるたび、わたしはリヒトの腕に抱かれて見た幻の光を思い出した。リヒトの汗や、涙の味が舌の上によみがえってくる。

「そんなねー、田中さんなんて、日本中にいーっぱいいるんだから、会う確率だって高くて当然でしょ。苗字が同じ人と出会うたびに恋愛してたら、体がもたないよ」

スズちゃんは、こともなげに言った。

「だけどさぁ」

わたしはまだ煮え切らない。わたしたちの間に起きたことを、行きずりの恋とたった一言で片付けてしまうことに、どうも釈然としないのだ。

「とわちゃん、こういうことはね、よくあることなの。それにそのリヒトって男、映画監督になりたかったんでしょ。目の見えないとわちゃんに近づいて、取材してたんだよ。そんな図々しい男のことは、早く忘れちゃいな」

確かにリヒトは、いつかお金を貯めて映画を撮りたいと話していた。実家の旅館を継ぐのは、その資金を貯めるためだとも。

別れる間際に、自分で言った。だから、目が見えない人に興味があったのだと。そのことを、わたしはなるべく深く考えないようにしてきたのに、スズちゃんはためらいもなく切りこんでくる。

　蓋を開けてみれば、わたしの方がスズちゃんよりも年上だった。でも、スズちゃんが相変わらずわたしのお姉さん的立場であることに、変わりはない。

「でも、優しかったんだよ、彼」

　スズちゃんの指摘がすべてごもっともだとしても、まだ、自分の口でリヒトを悪く言う気にはなれない。確かに一夏だけで終わってしまったのは事実だけど、一夏の恋には一夏の恋なりの、そこでしか味わえない、しょっぱいような甘いような旨味があったようにも思う。紛れもなく、わたしにとっては初恋だった。

「だけど、そのリヒトって男が、とんでもない悪党でなくて、よかった。とわちゃん、男の人にだまされて、みついだりしたら、ダメよ」

　スズちゃんが、お姉さんらしくぴしゃりと言った。みつぐも何も、わたしにはみつげる物なんてないけれど。

「じゃあ、いい人か悪い人か、どうやって判断したらいいの？　わたしは目が見えないのだし」

　開き直って、わたしは言ってみる。スズちゃんなら、明確な答えを示してくれるかもしれない。スズちゃんは言った。

「あのね、とわちゃん。人は、外見じゃないの。大事なのは、中身よ。どういう考え方の人で、これまでにどういう人生を歩んできたか、価値観はどうか、金銭感覚は自分と近いか？　そういうのが、大事なんじゃない？」

別にわたしはリヒトを外見で選んだわけではなかったけれど、そのことについてはあえて反論しなかった。そもそも目の見えないわたしは、外見で人を判断することなど不可能だ。

「価値観かぁ。だけど価値観なんて、話さないとわからないじゃない」

わたしが言うと、

「だから普通はじっくり話すの。それから服を脱いで裸になるのが、流れなんじゃない。最初に肉体関係から入るなんて、とわちゃん、大胆不敵にもほどがあるわ」

スズちゃんが、わたしにお説教をする。

「でも、気がついたら体が求めていたの。それは、止められなかったんだもん。だって、体がほどかれていくような気がしたんだよ。それが、すっごく気持ちよかったの。それに毎回、つるんって入っちゃうし」

わたしは正直に言った。スズちゃんが相手だったら、何でも話せた。

「あのねぇ」

スズちゃんが、呆れた声を出す。

「ま、子どもを産んだ身としては、つるんなんて、羨ましいけど。もう育児に手一杯でさ、旦那とイチャイチャしてる余裕も、ときめきもないしなぁ」

「えーっ、そうなの？　もう、ときめかないの？　あんなに好き好き言ってたのに」

驚いてわたしが言うと、

「そりゃそうだよ、ときめくのは、最初の三年。いや、もっと短いかなぁ」

スズちゃんが、ため息まじりに言う。

「だけど、とわちゃんが元気になって、ほんっとによかった！」

麦茶をごくりと飲んだスズちゃんが、今度はがらりと空気を変えるような口調で言う。

「そう？　わたし、そんなに変わったかな？」

わたしはちょっととぼけてスズちゃんにたずねる。

「変わったも何も、別人だよ。だってさ、最初にあそこに来た時のとわちゃんってさー」

そこまで言うと、スズちゃんはいきなりプッと吹き出した。

「何？　何よー、気になるから言って」

わたしが言うと、

「じゃあ正直に打ち明けちゃうけど、あの時のとわちゃんは、ナマケモノだったよ」

スズちゃんは言った。

「ナマケモノって、あの動物園にいるナマケモノ？」

わたしの心は、一瞬にして夏至の日の動物園に飛んだ。けれどあの日、ナマケモノに会うことは叶わなかった。ナマケモノはずっと木にぶらさがったままで、わたしたちのいる場所からは全く見えなかったのだ。だから、気配を感じることも難しかった。なんとかナマケモノの説明をしようとした、リヒトの悪戦苦闘を思い出す。

そういえば、ナマケモノはめったに歩くことがないのだ。動物園に行った後、調べたらそう書いてあった。だとすると、確かに当時のわたしはナマケモノだったのかもしれない。

「だけど、今はぜんぜん違う。まぶしいくらいに、きれいになった。とわちゃん、がんばったね」

いきなりスズちゃんがわたしを優しく褒めるものだから、わたしは思わず泣きそうになった。がんばったね、なんて誰も言ってくれない。自分でも、そんなふうに思ったことは一度もない。でも、確かにわたしは、がんばったのかもしれない。少しは、自分で自分を褒めてあげてもいいのかもしれない。

「スズちゃんと、ジョイのおかげだよ」

あふれた涙を指でごまかしながら、わたしは言った。さすがにそこに、リヒトの名前を付け加えるのは、スズちゃんの更なる怒りを買いそうなのでやめておいた。でも、リヒトだってわたしの人生の貢献者だ。そのことは、わたし自身がよくわかっている。だって、リヒトのおかげで、わたしは今まで知らなかった新しい世界の扉を、体当たりするみたいに思いっきり開くことができたのだから。

スズちゃんと、こうして恋愛の話ができるようになるとは、ナマケモノ時代のわたしは想像すらしていなかった。でも、人は変われる。そのことを、わたしは今、自分の人生で実証している。

その日、スズちゃんと一歳児はわたしの家にお泊りした。

夜、わたしのベッドの隣にスズちゃんと息子が寝る布団を敷き、あの頃みたいに並んで寝る。電気を消してしばらくしてから、スズちゃんが言った。

「とわちゃん、もう寝てる?」

「まだ起きてるよ。なんか、スズちゃんが一緒にいるのが嬉しくて、興奮しちゃって眠れないの」

わたしが言うと、

「わたしもそう」

スズちゃんも、甘えたような声で言った。ほんの一瞬だったけど、スズちゃんをかわいい妹みたいに感じた。スズちゃんは、砂糖をまぶしたような声のまま続けた。

「あのね、わたし思うんだけど、絶対に、ぜーったいに、とわちゃんにもツインレイがいるはずだから、その人と会うまであきらめないで」

「ツインレイって」

「魂レベルの、片割れかな。もともとはひとつの魂だから、どうしても魅かれ合う運命なの」

「いるのかなぁ、そんな人がわたしにも」

わたしは言った。

「いる、必ずいる。それで、もちろんとわちゃんとその人が望めばだけど、赤ちゃんを産んで、育てて。とわちゃんは、いいお母さんになって。そして、歴史を上書きするの。とわちゃんには、きっとそれができるはずだから。そのために、サバイバルして生き残ったの。きっと、とわちゃんと同じ境遇で、途中で命を落としてしまった子がいっぱいいる。でも、とわちゃんは命を落とさなかった。神様が、生き残るようにとわちゃんを守ってくれてたんだよ。だからとわちゃんは、自分に与えられた使命を全うしなきゃ。親からの虐待で苦しんでいる子どもたちは、今もいっぱいいるんだから」

今のわたしには、いつか自分が子どもを産むなんて、想像もつかない。あの頃よりだいぶ元気になったとは言え、客観的に見たら、わたしは決して健康とは言えない。いまだに精神安定剤を飲まなければ日常生活が営めないし、生理だって気まぐれにしかやって来ない。それに、家庭を築くためには、どうしてもお金が必要なのだ。子どもを産むにも、お金がかかる。現実の社会では、空から魔法のようにお金が降ってくることもありえない。好意だけにすがって生きていけるほど甘くはないことを、わたしは少しずつ理解している。

だけど、スズちゃんがわたしに伝えようとしてくれたことは、わたしの胸の一番の芯のところにちゃんと響いた。それは、すべてを知っているスズちゃんだからこそ言える、最高の贈り物だった。

「ありがとう」

わたしは、半分眠りながら、例の老人とロバの寓話をスズちゃんに話した。

うん、うん、それで、とスズちゃんは頷きながら聞いていた。

話しながら、わたしは自分が、まるで穴に落ちたロバのような気持ちになった。背中に落ちてくる石や土が、痛くて痛くてたまらなかった。何よりも辛いのは、背中に落ちてくる石の痛さではなく、よりによって、一番好きで信用していたおじいさんに、その石を落とされている現実だった。

でも、おじいさんの顔をよく見ると、おじいさんもまた、辛くて心を痛めていることがわかった。少しずつ、わたしはおじいさんのいる場所に近づいた。

背中に積もった土を振るい落として、わたしは地面へと続く一歩を前へ踏み出す。あの日、黒歌鳥合唱団の声に導かれて、わたしが外の世界へと出たように。

リヒトは、最後ロバは振り返らずにおじいさんの元を去ったと言っていた。だからわたしは、ロバはおじいさんと決別したのだと思った。

でも、わたしはロバの気持ちに気づいた。ロバは、本当はおじいさんを振り返りたかった。でも、怖くてそれができなかった。もしも、そこにおじいさんの瞳がなかったら、ロバはそれこそ一生、更なる哀しみを背負って生きていかなくてはいけない。だからロバは、自分を守るために、振り返りたい気持ちをグッと我慢して前に進んだのだ。そう、理解した。

「いい子、いい子」

うわ言をつぶやくような声で、スズちゃんが言った。それは、わたしに言っているようでも、横で寝息を立てている自分の息子に言っているようでもあった。

せっかくスズちゃんにも黒歌鳥合唱団のコーラスで目を覚ましてほしかったのに、それよりも早く一歳児が泣いたことで、一日は慌ただしく幕を開けた。結局わたしは、一度も一歳児に触れることはできなかった。彼の存在が、否応なく兄たちの人生を思い出させたからかもしれない。

スズちゃんたちが帰ると、とわの庭に次の季節がやって来た。

市の福祉課で相談員をしているという女性から連絡があったのは、秋の気配がするようになる九月の終わり頃のことだった。わたしに渡したいものがあるので、来てほしいという。

数日後、市役所を訪ねると、すぐに個室に案内された。待っていると、部屋にやって来たのは、わたしに電話をくれた女性だった。本当は、英子さんなのかもしれないし、栄子さんなのかもしれない。けれど、わたしにはどうしても、A子さんにしか感じない。

「十歳の誕生日のことは、覚えていらっしゃいますか？」

唐突に、A子さんはわたしにたずねた。

「はい、十歳の誕生日のことは、とてもよく覚えています。母が、わたしにお化粧をしてくれましたから。

わたしは、きれいなワンピースを着せてもらい、母に抱っこされて外出しました」

まるで、昨日のことのように記憶が鮮明だった。あの時、わたしには靴がなかったのだ。靴がないことに気づいた母があげた悲鳴まで、わたしの脳裏にはっきりとよみがえった。

「その時、十和子さんはどんな気持ちだったのでしょう？　お母さんとのお出かけが、嬉しかったですか？」

「いいえ」

その時、わたしは全く嬉しくなかったのだ。

「では、どんな気分だったのか教えてくれますか？」

「怖かったんです。四方八方から音が飛んできて、まるでわたしは、戦場に連れ出された気分でした」

「お母さんは、どうでしたか？」

今でも、あの時の母の手のひらを思い出す。母は、ずっと震えていた。手のひらは汗でしっとりと湿り、小鳥のひなが寒さにぶるぶると震えるように、震えていたのだ。何かに、怯えていたのかもしれない。

「わかりません」

わたしは言った。

「そうですか。では、写真館で写真を撮ったことは、覚えていますか？」

「はい、覚えています」

ぱしゃん、という、何か丸い形の物が破裂するような音は、今もわたしの体に刻まれている。

その時、わたしは母の上半身に抱きついていた。母からはうっとりするような甘い匂いがし、わたしはその香りに顔をうずめた。母は、香水をつけることでわたしに居場所を教えてくれた。

それから、どこにも寄らず家に帰った。家に帰って、とにかくホッとしたことを覚えている。

「ここに、その時に十和子さんとお母さんが撮った写真があります」

A子さんは言った。

「触っても、いいですか？」

わたしが言うと、もちろんです、と言って、その写真をわたしの手のすぐそばに差し出した。

　写真は、大きな四角い台紙のようなものに挟まれていた。様子を探りながら、まずは台紙の面に触れる。

「これは、どこから見つかったのでしょうか？」

「十和子さんのお母さんの、衣装ダンスの中にあったそうです」

　存分に台紙の面に触れてから、ゆっくりと、表紙をめくる。薄くて柔らかいガーゼのような紙の下に、ひんやりとした写真の感触が広がっている。

　わたしは、写真の上にそっと、自分の手のひらを重ねた。ここに、母さんがいる。母さんに抱かれた、わたしがいる。

　想像上の母は、確かにいる。鼻が高くて、目が大きくて、髪の毛が長くて、頬っぺたが柔らかい。もう何千回、何万回とその顔をこの手で「見て」きた。だから、母のことは知っている。けれど、その時どんなに母の写真に手のひらを当てても、母の姿は浮き上がってこなかった。わたしの姿も、浮かばない。わたしが、どんな顔をしているのか、わたしは知らない。

　A子さんは言った。

「写真館の店主が、お母さんと十和子さんがいらした時のことを、覚えていらっしゃるそうです。とても美しい母娘だったので、記憶に残っていると話してました」

　あの頃のわたしは、透明人間だった。誰の目にも、いや厳密には母の目にしか、見えてはならない存在だった。

「お持ち帰りになりますよね？」

A子さんは、ちょっと含みのあるイントネーションでたずねた。A子さんからは、どことなく歯医者さんみたいな匂いがする。

「はい」

わたしは簡潔に答えて席を立つ。その時にふと、自分は何色のワンピースを着ているのだろう、という疑問がわいた。わたしの足元で伏せをしていたジョイが、すっと静かに立ち上がる。わたしは、不意にA子さんにたずねた。

「写真のわたしは、どんな色のワンピースを着ていますか？」

A子さんとわたしの間に、数秒間の沈黙が流れる。A子さんは、答えない。

「にびいろ、ですか？」

わたしが更に問いかけると、

「にびいろ？」

A子さんが、不思議そうに繰り返した。わたしは、A子さんににびいろの説明を試みる。

「灰色？　ねずみ色？　グレー？　どれも違うみたいですが」

A子さんは言った。それから、十歳の誕生日にわたしが着ていたワンピースの本当の色を教えてくれる。

「どうぞ」

A子さんが、写真を封筒に入れて渡してくれる。わたしはそれを、リュックにしまう。

今しがたA子さんが口にした色は、にびいろとは全然違う色だった。

「ジョイ、ゴー！」

わたしは威勢よく言った。背中には、二十年前の母とわたしがいる。

途中、少し遠回りにはなるけれど、川沿いの道に出た。水辺の音を聞いているうちに、少しずつ心がほぐれていく。リラックス、リラックス。呪文のように、声に出して唱えてみる。

家の近くまで戻ると、キンモクセイの香りがした。誰かに体をすり寄せて甘えているような、無防備な香り。でも、そろそろ花が散るのかもしれない。わたしは顔を空の方へ向けながら、香りのカプセルを探す。

わたしは真昼の星を探すような気持ちで、金木犀の香りを吸い込んだ。


季節は移り変わっていく。

台所に立って夕飯の準備をしていると、呼び鈴が鳴った。玄関まで行ってドアを開けると、そこに立っていたのは魔女のマリさんだった。慌てて、玄関の電気のスイッチをつける。マリさんからは、いつもほんのりと艾の香りがするので、たとえマリさんが声を発する前でも、わたしはそこにいるのがマリさんだと理解する。

「ぜーんぶ、終わった」

開口一番、マリさんが言った。

コタツの近くでまどろんでいたジョイが、マリさんの訪問に気づいて駆け足でやって来た。首輪につけた鈴が、朗らかな音を鳴らしている。いつもおいしいおやつを惜しみなく恵んでくれるマリさんは、ジョイにとってのナンバーワンアイドルなのだ。

「あー、ごめんねー。今日はおやつ持ってないのよー」

マリさんがかがんでジョイの体を撫でながら言うと、ジョイはその言葉を理解したらしく、今度は、と、と、と、とつまらなそうな足取りで、またコタツの方へ戻って行く。

「終わったんですね」

わたしはマリさんの言葉を繰り返した。それから、ゆっくりとマリさんの体に近づいて、そっと両手で抱きしめる。そんなふうにマリさんに接するのは初めてだったけれど、そうする以外に、わたしの気持ちをマリさんに伝える術が見つからなかった。

「お疲れ様でした」

マリさんの冷たい頬を感じながら、わたしは心の底からマリさんに労(ねぎら)いの言葉をかける。

「よかったら、上がって行きませんか？」

マリさんからそっと体を離して、わたしは言った。

「ありがとう」

そう答えるとマリさんは、玄関に用意してある椅子に座って靴紐をほどいた。

今夜のメニューは牛丼だった。マリさんを案内してリビングに戻ると、部屋中に、牛丼風味の湯気が広がっている。ふと室内が暗いことを思い出し、リビングの電気もつける。

ふだんはエコと称して、必要最低限のごくごく小さなあかりしかつけていない。

マリさんがわたしの家に上がるのは、初めてだ。マリさんはずっと、自宅でお母さんの介護をしていたから、外に出られる時間は、ヘルパーさんが来てくれるほんの短い間しかなかった。

だから、ふたりで会う時は、必ずわたしがマリさんの家を訪問して、そこでお茶やランチをご馳走になった。いい気分転換になるからと、マリさんは毎回わたしとジョイが立ち寄ることを歓迎してくれたが、本当はマリさんだって、自由に外に出たかったのではないだろうか。でも、それも終わったという。

本当はここで、ご冥福をお祈りします、とか、ご愁傷様です、と言えばいいのかもしれない。でも、わたしはなんだか上手に声が出せない。マリさんへの気持ちがこんがらがって、喉のところでつっかえている。

だから、マリさんがいつもわたしを温かいお茶でもてなしてくれるように、わたしもお茶を淹れることにした。とは言え、わが家には、マリさんの家にあるような気のきいた茶葉はなく、ティーバッグに入ったありきたりなスーパーのお茶しかないけれど。

それでも、心を込めて淹れれば少しはおいしくなるかもしれないと思い、いつもより丁寧にお湯を注ぐ。茶葉を急須で蒸らしている間、牛丼を煮込んでいる鍋の蓋を開け、味見をした。もう少し長く煮込んだ方が味がしみて良さそうだった。

「どうぞ。ごくごく普通の紅茶ですけど」

マグカップに注いだお茶をマリさんに差し出す。

「どうもありがとう。いただきます」

マリさんはしんみりとそう言ってから、マグカップに口をつける。

「あぁ、おいしい」

実感を込めてマリさんが言うので、なんだかわたしまで、その魔法にかかったのか、いつもよりおいしく感じてしまう。やっぱりマリさんは魔法使いの魔女なのかもしれない。少なくともわたしには、マリさんの魔法が存分に効果を発揮する。

「誰かが淹れてくれたお茶をゆっくり飲むなんて、何年ぶりかしら」

マリさんがぽつりとつぶやく。わたしの目にその表情は見えないけれど、その声の深さに、マリさんがどれだけ母親の介護に人生を捧げていたかがよくわかった。

「わたしはね、決していい娘ではなかったのよ」

マリさんは、静かに語り始めた。

「母は、愛情が強すぎるっていうの？　父のこともそうだったけれど、わたしのことも、愛しすぎてしまう性格というかね。あまりに相手を強く抱きしめてしまうものだから、その愛しいはずの相手を、自らの手で窒息させてしまうような、そんな一面があったの。

それでも父は、束縛と紙一重だった母からの愛情をなんとか受け入れて、耐えていた。でもわたしは、同性同士ということもあるのかもしれないけれど、何かにつけてすぐにぶつかって、母と一緒にいることに我慢できなかったの。わたしが何を着て、誰と会って、何を食べたか、母はわたしのすべてを支配しようとして、わたしはいつも息が苦しくて仕方なかった。それで、ピアノ留学にかこつけて、十代の後半で家を飛び出したの。母から逃れるための最善策として、わたし、ピアノを一生懸命練習したのよ。あの時は、もう一生、実家に戻るつもりなんてなかったけど」

炊飯器のタイマーが稼働して、ご飯を炊き始める。わたしは椅子に座ったままつま先を伸ばし、足元に敷いてあるホットカーペットの温度を上げた。マリさんが続ける。

「両親が健康なうちは、問題なかったの。わたしもヨーロッパの文化に触れて、思いっきり羽を伸ばすことができたし。母も、さすがに異国の地にいる娘を干渉するには限界があるし、わたしが留学したことで、母との関係はだいぶ改善されて、一時は休戦状態にまで持ち込めたのよ。母からは毎週のように日本のお米とかを詰めた荷物が送られてきたけど、それもわたしにとってはありがたかったから、そういう母からの愛情を素直に受け入れられるようになって。ようやく、母には少しだけど感謝することができるようになっていた。わたし自身も結婚して、出産して、育児の大変さを身を以て経験したし。でも、そういう平和な時代も、それほど長く続かなかったの」

「お父さんが、病気になってしまったからですよね」

わたしは言った。そこからの経緯は、初めてマリさんに会った時に聞いている。

「そう、それで気がついたらわたし、あんなに毛嫌いしてた実家に戻って、そこから動けない状況になっていたの。父が亡くなってからは、息子も独立して母とふたりきりでしょう。父が逝ってすぐ、今度は母が寝たきりになっちゃって。夜中なのにしょっちゅう呼び出されると、ついイラッとして、かつて母に感じていた憎悪がよみがえってくるの。わたしが少しずつ食事に毒を混ぜたら、母を殺せるんじゃないかと本気で考えたりしてね。わたしは、いつか母が自分の過ちを認めて、一回でも心から謝ってくれることを期待していたのかもしれない。でもそれは、はかない夢に終わってしまったけど」

マリさんが自ら告白してくれなかったら、わたしはずっと、マリさんを単なる親想いの孝行娘だと思い込んでいたに違いない。

「だけどね……」

マリさんは続けた。その声に、ほんのわずかだけれど光が差す。

「母はどんどん、赤ちゃんみたいになっていくでしょう？　わたしが誰かもわからないし。あんなに権威的にふるまっていた人でも、わたしがいなかったらご飯一口食べられない存在なんだ、って思ったら、なんていうか、そこで初めてわたしは母のことを、愛しいな、って思えたの。母という存在を超えて、たとえばあなたがジョイを無条件にかわいい、って思うみたいに。それに、母が母ではなくなっていく姿を見て、ホッとしたのも事実なのよ。これでもう二度とわたしはこの人に支配されないんだ、今はわたしがこの人を支配しているんだ、っていう妙な安堵と優越感があって」

マリさんの話に耳を傾けながら、わたしは自分の母のことを考えていた。今、どこで何をしているのだろう、と。まだ、罪を償(つぐな)いながら、閉ざされた小さな部屋で暮らしているのだろうか。わたしが歳を重ねているのだから、当然、母も歳をとっていることになる。けれど、今のわたしにとって、母は、何億光年も離れた惑星のように、遠い存在に思えた。

炊飯器が、いよいよクライマックスの段階に突入し、盛大にご飯の香りを解き放った。空気中には牛丼の香りをぎゅうぎゅうにつめたカプセルが飛び散り、おなかに意識を集中させておかないと、今にもグーッと鳴りそうだった。

「ピピー、ピピー、ピピー、ピピー」

炊飯器から、炊飯完了の音が響く。

その時、ついにおなかの鳴る音がした。わたしは一瞬自分のおなかが鳴ってしまったのかと思っておなかをぎゅっと押さえたのだけど、音の出所はわたしでもジョイでもなく、マリさんだった。

「おなかが空いちゃったぁ」

マリさんが、茶目っ気たっぷりに言う。

「牛丼よね？　わたし、ここに来た時から、ずっと気になっちゃって」

「すみません」

わたしは謝った。マリさんの母親が亡くなったことと牛丼が、あまりにもかけ離れていて、わたしはなんだかマリさんに申し訳ないような気持ちになる。よりによって、こんな日に牛丼を作るなんて。

「おなか、空きますよね」

わたしは言った。わたし自身も、ご飯が炊ける匂いと牛丼の匂いの相乗効果で、おなかがペコペコだった。

「マリさん、良かったら、うちで食べて行きませんか？　牛丼でよかったら、なんですけど」

一応のつもりで、わたしは聞いた。やっぱり、どう考えても、マリさんの立場でその日の夜に食べる食事内容としては、ふさわしくない気がする。でも、マリさんは明るく答えた。

「食べる！　とわちゃんの作った牛丼、食べてみたい」

その元気はつらつとした声につられて、わたしは思わず笑ってしまう。マリさんも、笑っている。

「わたし、何かお手伝いしようか？」

　マリさんの言葉に、

「大丈夫です。もう、全部できてますから。たっぷり作ってあるし」

　わたしは言った。それから、人間用の食事とジョイのご飯を同時進行で用意し始めた。ご飯と牛丼の盛りつけだけは、マリさんが手伝ってくれた。わたしはお椀にお味噌汁をよそう。お椀がひとつしかなかったので、わたしがいつも使っているお椀をマリさんに使ってもらい、自分のお味噌汁は、先日スズちゃんがお土産に持ってきてくれたカフェオレボウルを使う。

　卵だけは、いまだになかなかうまく仕上がらないので緊張した。だけど、マリさんにおいしい牛丼を食べてもらいたい一心で、小鍋に卵液を流し込む。小鍋には、牛丼を煮た残り汁が入れてあって、それと卵が半熟状にうまく絡み合うのが理想なのだが、前回は卵に火が入りすぎて木綿豆腐のようになってしまい、前々回は逆に早く火を止めてしまったせいで生卵に近かった。

　わたしは、卵にちょうどよく火が通ることを念じながら、鍋の中から聴こえてくる音に耳をすまし、匂いを感知する嗅覚の感度を極限まで上げ、万全の態勢で火入れに挑む。しばらく様子を窺いながら、鍋肌（なべはだ）で卵が固まりかける瞬間を待ち、そこにそっと菜箸（さいばし）を差し込み、ざっくりと全体をかき混ぜた。それを、あつあつのうちに牛丼の上にのせる。マリさんとわたしに、ちょうど半分ずつ行き渡るのをイメージしながら。

「お待たせしました」

マリさんの前に牛丼の入ったどんぶりを差し出しながら、わたしは言った。それからわたしたちは、向かい合って牛丼を食べ始めた。ジョイも、勢いよく自分の餌を食べている。

わたしが、ちょうど半分くらいを食べた時だった。ずっと押し黙って牛丼を食べていたマリさんが、唐突に言った。ようやくわたしも、人並みのスピードで、食事ができるようになってきた。

「この牛丼、ママにも食べさせてあげたかったなー」

その声で、マリさんが泣いていることに気づいた。

「だってさぁ、この牛丼、超おいしいんだもん。こんなにおいしい牛丼、食べたことないよ。うちの母ね、お肉が大好きな人だったの。でもだんだん、お肉が食べられなくなってさ。あー、わたしどうしちゃったんだろう。母が亡くなってから、一度もまだ泣いてなかったんだけど、ここで牛丼食べてたら、急にいろんなこと思い出しちゃった。もう、自分の感情が制御できないよ。

だから、ごめん、とわちゃん、わたし、思いっきり泣いちゃっていい？」

すでにもう泣いているのに、マリさんは言った。そして、そう言うなりいきなり絶叫した。

「ママーー！」

驚いたジョイがわたしに体を寄せてくるくらい、マリさんは声をからして泣いた。こんなふうに大人でも泣くんだ、とわたしは少し意外だった。途中でマリさんにティッシュの箱を差し出すと、マリさんは声をしゃくり上げながら、もったいないからトイレットペーパーでいい、と、その時だけはしっかりと現実に戻って言った。それでわたしは、新しいトイレットペーパーを持ってきて、マリさんの牛丼の横に置く。

「とわちゃんは、わたしに遠慮しないでガンガン食べててね」

マリさんの背中を撫でたり、何か言葉をかけたりするべきか迷っていたら、マリさんがそう言ったので、きっとマリさんはひとりで悲しみに浸りたいのだろうと察し、わたしは残りの牛丼に箸をつけ、ゆっくりと咀嚼する。

やっぱり、今夜のメニューは牛丼で正解だったのかもしれない。もしも今夜が牛丼ではなく、煮魚だったり、湯豆腐だったりしたら、マリさんはこんなふうに涙を流すことはなかったのかもしれない。そう思う一方で、いや、今夜が煮魚でも湯豆腐でも、やっぱりマリさんは涙へとつながる糸口をそこから見い出し、同じように、ママー、と叫びながら、盛大に泣いていたのかもしれない、とも思った。

牛丼の上にのせた卵は、自分でも満点が出せるほど、火の通りが完璧だった。間違いなく、自分史上最高の出来栄えだ。

マリさんはさっき、お母さんにもこの牛丼を食べさせてあげたかったと言った。わたしは今まで、自分の母に自分の料理を食べさせるなんて、想像したこともなかった。でもふと、母のことが脳裏をよぎる。もしも母がどこかでひもじい思いをしているのなら、わたしは今すぐ牛丼の残りをタッパーに詰めて、そこまで走って届けたいような気持ちになった。

「もう、大丈夫」

マリさんは、町中にこだますするのではないかと思うくらいの豪快さで洟をかみ終えると、再び箸を持ち、牛丼の残りをかき込んだ。まさに、かき込むという表現しかふさわしくないと思えるくらいの食べっぷりだった。そして、元気な声で言った。

「おかわり！」

マリさんの手から、空っぽになったどんぶりを両手で受け取る。

「だけど、明日食べる分のとわちゃんの牛丼、なくなっちゃう？」

「いいんです、また作りますから」

わたしはそう言いながら、どんぶりにご飯と牛丼を盛りつける。

「すみません、もう卵はさっき全部かけちゃって」

わたしが詫びると、

「卵なしでも全然おいしい。ノープロブレム」

マリさんが鼻の詰まった声で言う。

わたしは、鍋の底に残っていた煮汁を全部かけて、ずっしりと重たくなったどんぶりをマリさんに両手で差し出す。

「いただきます」

マリさんは丁寧に言って、箸をつける。

「なんかさ、耳元でママがささやくの。わたしの分もいっぱい食べなさい、って」

マリさんが面白いことを言うので、

「それって、なんだか妊婦さんみたいですね」

わたしは言った。この間スズちゃんがうちに泊まりに来た時、妊娠中の話を聞いたら、食欲がすごくて自分の体が中から操られてるみたいで怖かった、と教えてくれたのだ。

「確かに、そうね」

マリさんが同意する。

「親のいないみなしごになって、わたし、また妊婦になったのかも。これからの人生は、わたし、ずーっと妊娠中なのかも」

人は亡くなった後でも縁のあった人たちの中で生き続けるというけれど、そういうことなのかもしれない。

「あー、ご馳走さまでした。もう、おなかいっぱい。さすがにこれ以上はもう絶対に入らないわ。臨月、臨月」

しばらくして、マリさんは自分のおなかをさすりながら言った。それから、ゆっくりと長い息を吐き出す。

マリさんのお母さんが亡くなったのに不謹慎かもしれないけれど、食後のリビングには、満ち足りた、穏やかな空気が流れていた。そういえば、確か今夜は満月のはずだ。

「よかった、今日ここに来て。母が亡くなって、もう自分はずっと付きっきりで母のそばにいる必要はないんだ、って気づいた時、真っ先に見に行きたい、って思ったのが、お宅のお庭だったの」

別れ際、玄関先で靴紐を結びながらマリさんが言う。

「とわちゃん、自分の庭の話をする時、いっつもすごく幸せそうだったから。だから、一度見たいなぁ、って思ってたのよ」

「そうだったんですね。でも、今日は」

もう陽が沈んで見ることができない。わたしが言いかけると、

「いいのいいの、これからはいつでも好きな時に外出できるんだから。とにかく今日は、とわちゃんの牛丼に、救われた。本当にどうもありがとう」

マリさんはそう言うと、今度はマリさんの方からわたしに近づき、何のためらいもなく、左ほほ、ついで右ほほとフランス式のキスをした。ぶちゅっと、容赦なく押しつけてくるマリさんの唇の感触がくすぐったい。まるで自分が、つかの間、パリのセーヌ川の河畔に佇んでいるような気分になった。

「マリさん、もう夜なので、気をつけてくださいね」

きっと、マリさんにとっては、これから長い長い特別な夜が待っているのだろう。

「とわちゃんも、寒いから、風邪引かないように」

軽い足取りで歩いていくマリさんの後ろ姿を、ジョイと並んでお見送りする。

空を見上げて、どこかにまあるいお月さまが出ているのを想像しながら、マリさんが口にした牛丼が、無事にちゃんとマリさんのお母さんの魂にも届いていることを密かに祈った。

その冬は、わたしに大きな試練をもたらした。

年が明けたくらいから鼻の奥がムズムズするようになり、体がだるい。急に発作のような咳が出て止まらなくなる。もっとも辛かったのは、ずっと洟が詰まっていて、匂いを感知する機能がほぼゼロになったことだ。そのせいで、何を食べても味がしない。その現実が、わたしを奈落の底へ突き落とした。

わたしは、外の世界との接点を完全に失ったような気分になって、途方に暮れた。まるで自分だけが孤立して、人っ子一人いない密室に閉じ込められているようだった。

マリさんに相談したら、近所にあるいい耳鼻咽喉科の先生を紹介してくれた。不治の病だったらどうしよう、などと散々怯えていたのに、診断の結果わたしに下されたのは、花粉症だった。

処方された薬を飲むものの、今度は一日中眠くて、頭も重い。なるべく家の中にいて、窓を閉め切り花粉の侵入を防ぐのがいいとわかっていても、ジョイの散歩を休むわけにはいかないし、買い物にだって出なきゃいけない。外出の時は厳重にマスクをしたけれど、それにも限界がある。体の中に、全く花粉を寄せつけないというのは不可能だった。寝ている時に吐くような咳が続くと、この世の終わりみたいな絶望的な心地になる。

何よりも辛いのは、春に向けてまた香りのカプセルが増えているはずなのに、それを少しも感じられないことだった。嗅覚が機能しなくなって初めて、自分が日頃いかに鼻に頼って生活しているかがよくわかった。嗅覚は、わたしと世界をつなぐ強力なへその緒だったのだ。目の見えないわたしがそれを失うということは、世界との接点を失うに等しい。そのことにイライラして、何の罪もないジョイにまで八つ当たりしてしまう。そんな自分にますます嫌悪感が募り、負のらせん階段はどこまでもどこまでも深みへと落ちていく。集中力がないので読書もできないし、第一、図書館まで本を借りに行くだけの気力がない。

　外での庭仕事もできないので、気分を紛らわせるため、ラジオを聴きながら家の中でひたすら手を動かすという策に出た。わたしでもできる手仕事は何かないかと考えて、行き着いたのが雑巾だった。雑巾の材料となる温泉タオルは、以前、引っ越しの時にみんなが置いていってくれたのが、まだ大量に余っている。

　針に糸を通す作業は、晴眼者に較べたら確かに時間がかかってしまうけれど、その分、針穴の大きな刺繍針に糸通しを使って刺繍用の糸を通すことで、わたしでも割と簡単に糸を通すことができるようになった。玉結びは、一年間通った特別支援学校の家庭科の授業で教わった。針に糸を通して糸の端に玉結びを作ったら、あとは折りたたんだ温泉タオルをチクチク縫っていく。刺繍糸は、あえて赤や青や緑など賑やかそうな色を使った。わたしは、花粉症に効くという甜茶(てんちゃ)を飲みながら、ひたすら手を動かした。

　縫い物をしていると、時間があっという間に過ぎる瞬間がある。そんな時は自分の湊が詰まって苦しいことも、一瞬忘れてしまっている。リラックスしながらも集中して雑巾を縫うことはそう容易くはできないけれど、ほんのつかの間そんな時間が訪れると、わたしは世界中のみんなと手をつないでラインダンスを踊っているような、明るくてあたたかい、穏やかな気持ちに満たされた。


赤は、情熱。

青は、晴れ渡った空。

緑は、地球。

ピンクは、優しさ。

黄色は、太陽。

紫は、夕暮れ。


正しいか正しくないかはさておき、わたしにもわたしだけの色のイメージができつつある。それらの色を組み合わせ、わたしは雑巾を縫っていく。一枚の雑巾に使った色を記憶にとどめ、完成した雑巾を想像するのはわたしだけの楽しみだった。

苦肉の策で始めた雑巾作りだったものの、わたしはそこに、一抹の楽しみや喜びを見出すことに成功した。そして、そんなどん底の中から誕生した雑巾を、マリさんがいたく褒めてくれた。

「わぁ、素敵じゃない！」

ある日、お福分けの蜜柑を届けにふらりと立ち寄ってくれたマリさんが、わたしの縫いかけの雑巾を見て言った。

「本当ですか？」

わたしがおずおずたずねると、

「魔女のマリさんが嘘を言うわけないでしょう」

マリさんが茶目っ気たっぷりに言う。

「だったらマリさん、蜜柑のお礼に、どうぞ気に入ったのを好きなだけ持って行ってください」

わたしが言うと、

「そんな安売りしちゃ、ダメよ！」

マリさんが、ぴしゃりと言った。

「でも……」

わたしが口ごもると、

「大切に作った物は、ちゃんとお金を出して買ってもらう、それがこの世の中のルールなのよ、とわちゃん」

マリさんが当たり前のように付け足す。けれど、売ると言ったって、わたしにはそんな術がない。

「大丈夫、わたしにいいアイディアがあるわ」

くくくくく、と得意げに笑いながら、マリさんが言った。そして、続けた。

「一枚、三千円でどう？」

「高いですよ」

わたしは即答した。三千円なんて大金を一枚の雑巾に出す人がいるとは思えない。三千円あったら、何日間食べられると思っているのだ。いくら冗談とは言え、度を越している。

「ありえないです」

わたしは断言した。

「だったら、二千円？」

「それでも、高い気がします」

「んー、じゃあ千五百円は？」

本当は、千円だって高い気がする。もともと売るつもりなんて、これっぽちもなかった。誰かが使ってくれるなら、それでよかった。でも、もしこの雑巾にお金を払ってくれる人がいるのなら、そんなに嬉しいことはない。自分でお金を得ることができたら、どんなに幸せだろう。そうすれば、これまでにわたしを支えてくれた人たちや社会全体に、わずかでも恩返しをすることができる。

「はい」

熟慮の末、わたしは神妙にうなずいた。

「よし！　これで、商売成立ね。今日はお財布にあんまりお金が入ってないから一枚しか買えないけど。わたしが、とわちゃんのオリジナル雑巾購入者、第一号ね。やったー」

マリさんは、はつらつとした声で言った。そしてわたしの手に、千五百円を手渡した。わたしはそれを、スカートのポケットにねじり込む。

わたしは、これまでにできた雑巾を入れてあるダンボール箱を持ってきて、マリさんに見せた。マリさんがどんな顔をしながら雑巾を見ているのか、わたしには見えない。マリさんから、わぁ、とか、へぇ、とか、言葉にならないため息のようなものが漏れてくる。なんだか自分の裸をじっくりと虫眼鏡ごしに見られているようで恥ずかしくなり、わたしはその場を離れてお茶を淹れる。ずっと甜茶ばかり飲んでいたので、たまには緑茶が飲みたかった。

さっきマリさんにもらった千五百円を、ポケットの上からそっと撫でる。この千五百円で、わたしはおいしいお茶を買いたい。マリさんの家にあるような、缶入りのちゃんとしたお茶を買ってきて、今度はわたしがマリさんにご馳走したいと思った。

マリさんがかつて教えていたピアノの生徒さんの中に、インターネットに詳しい男の人がいて、その人がわたしの雑巾を販売するサイトの立ち上げと管理をやってくれることになった。まずは、冬の間に縫い上げた雑巾をまとめて写真に撮ってサイトにアップし、販売を開始する。雑巾なんて、今は百円ショップでいくらでも売っているし、誰も買わないだろうと思っていたけれど、意外にも、サイトをオープンしてからわずか一日足らずで二枚も売れたのにはびっくりした。わたしは、買ってくれた人の住所をプリンターで印刷し、それを封筒に貼って郵送する。

作業に慣れれば、雑巾の写真を撮ってサイトにアップすることも、自分でできるようになるという。そうなるまでにはまだまだ道が遠いけれど、まずはそれを目指して雑巾縫いに励んだ。首や肩が凝った時は、マリさんの家に駆け込んでお灸をしてもらう。マリさんには、その都度、艾代を払った。

いずれ材料となる温泉タオルがなくなるのではないかという心配は、杞憂だった。マリさんをはじめ、わたしの内職を知った周囲の人たちが、家に眠っていた温泉タオルを無償で提供してくれるようになったのだ。花粉症のせいで春の産声は聞きそびれたものの、雑巾に出会ったことで、わたしの人生は思わぬ方向へと舵を切っていた。

「とわちゃんの雑巾、最高！」

会うたびに、マリさんはわたしの雑巾を褒めてくれた。

「最初は使うのがもったいないんだけどさ、いざ使うと、お掃除がすっごく楽しくなるの。しかも、前よりはかどるようになったの。

やっぱり雑巾ってすごいわねー」

そうやってマリさんは、周りの人にも紹介してくれるのだった。

桜の花が散る頃には、マスクをしないで外出しても平気になり、ジョイとの散歩をまた心から楽しめるようになった。

目で見るだけが桜の愛で方ではない。ふわふわとした春風が吹く日に桜並木の下を通れば、無数の花びらがお天気雨のように降ってくる。手のひらをかざせば、そこに花びらが触れる。幹に手を触れればジョイと同じような温もりを感じるし、地面に降り積もった花びらの層はスポンジケーキのように柔らかい。

そんな春の日の散歩道のイメージを胸に刻んで、後日、そのイメージを一枚の雑巾に転写する。

驚いたことに、わたしは花粉症の嵐が過ぎ去った後でも、雑巾縫いをやめるつもりはなかった。わたしは日記を綴るように、雑巾を縫うようになった。雑巾を縫うことは、花粉症の辛さを忘れる術として苦し紛れに始めたことだったけれど、結果的にはわたしの生きがいになりそうな予感がした。たとえすべての生活の糧を雑巾でまかなうのは難しいにしても、せめてジョイとわたしの食費くらいはわたしが稼いだお金でまかないたい。そうすれば、もっと胸を張って生きていける。

ジョイとの散歩、庭仕事、図書館通い、読書、そこに新たに雑巾縫いが加わった。わたしの人生に少しずつ、宝石のような時間が増えていく。時々薬を飲み忘れて、わたしはあの暗黒時代を思い出してパニックになったりもするけれど、今、わたしを取り囲んでいるのは、圧倒的なまぶしさの美しい光だ。手を伸ばせば、そこに光を感じる。助けて、と声をあげれば、手を差し伸べてくれる人が確かに存在する。そのことに、疑いの余地はない。わたしは、守られている。いつだって、光そのものに抱きしめられている。

そのことに気づいたのは、夏を迎えたある朝だった。

あれ、この匂い、知っている。

わたしは思った。

すごく懐かしい。けれど、匂いの源が思い出せない。

裸足で、とわの庭に出た。

「おはよう」

いつものように、植物たちにあいさつする。地面はまだ夜の余韻を残してひんやりし、足の裏にはほんのりと湿った感触が広がる。

草花を踏んでしまわないよう慎重に爪先を前に出し、ゆっくりととわの庭を探検する。

どこにいるの？

心の中で優しく呼びかけながら、かくれんぼをしている相手との距離を少しずつ詰める。

ここにいたのね。

手探りで花や葉っぱの存在を確認しながら、その場所にそっとしゃがみ込んだ。

根元の石に貼られた点字のラベルを指で読む。

「ス・イ・カ・ズ・ラ」

わたしは言った。気がついたら、そう声に出して呼んでいた。

「お母さん」

もう一度、愛しさを込めて呼びかける。

「お母さん」

そうだった。スイカズラは、母の匂いだった。ずっとずっと、そのことを忘れていた。

でも、たった今思い出した。母さんからは、いつもスイカズラの香りがした。

スイカズラは、夏の初めに咲く花だ。バニラのような、しっとりと濡れたような香りがする。幼い頃に一度、母さんがスイカズラの蜜をなめさせてくれたことがあった。小さな花をつんで、その花をわたしの口に入れてくれたのだ。花びらの足元には、蜜が眠っている。ちゅっ、と吸い上げると、口の中に薄い砂糖水のような味が広がったのを覚えている。

わたしは、スイカズラの花を優しく摘み取り、花びらの足元に眠る蜜を吸う。

甘い。甘くて、優しい。わたしは、母さんの胸元に抱かれ、乳房に吸いついているような気持ちになる。きっと、母さんのお乳も、こんな味がしたに違いない。

スイカズラがわたしに、大切なことを思い出させた。

夏の終わり、とわの庭には一度、短い静寂が訪れる。とわの庭は寡黙になり、瞑想にふける。ほんの一瞬、どこにも香りがしなくなる。これが、夏から秋へと季節が巡るお知らせだった。けれど、また秋になれば香りがじょじょに復活する。

マリさんは、この秋からピアノ教室を再開した。家の窓を開けていると、遠くから、マリさんの奏でるピアノの音が聞こえてくる。マリさんはもう、以前のように激しい曲は弾けない。けれど、ゆったりと水が流れるような滔々とした曲も、マリさんには合っているとわたしは思う。マリさんの奏でるピアノは、こがね色の糸となってわたしの鼓膜をふるわせる。

スズちゃんは、第二子を妊娠中だ。今度はどうやら女の子を授かったらしく、もうすぐ一男一女のお母さんになる。わたしは、生まれてくる赤ちゃんのために布おむつを縫って、それをスズちゃんへの出産祝いにしようと計画中だ。

そしてわたしは、三十歳になった。

十歳の誕生日の出来事は、今でも頭から離れない。母がプレゼントしてくれたワンピースに袖を通した時の肌触りや、オーブンで焼かれているチョコレートケーキの甘い香り、母がわたしのくちびるに塗ってくれた口紅の味、わたしを抱きかかえて歩く母の乳房の温もり、写真館のおじさんの匂い。

わたしは、鏡の前に立ち、丁寧に髪の毛を梳かした。それから、肩まで伸びた髪の毛を左右に分けて、三つ編みにする。顔にファンデーションを塗り、スズちゃんに選んでもらった、わたしに一番似合うという桜色の口紅をさす。まつげは、ビューラーで上が向くようカールさせ、最後に軽くチークをはたいた。わたしが児童養護施設を出るとき、スズちゃんが化粧の仕方を一通り教えてくれたのだ。それから、よそ行きのワンピースに着替え、ジョイに伝える。

「写真館に行くよ。今日でわたし、三十歳なんだって。だからね、そのお祝いに、ジョイといっしょに写真を撮ってもらおう」

そのためにわたしは、毎月少しずつ、お金を貯めてきた。

わたしは、以前A子さんから渡された母との記念写真が入った袋を出してきて、その台紙に書かれているだろう写真館の名前を写真に撮り、それを音声読み上げ機能のアプリを使って解析する。それから写真館の住所を調べ、そこまでの行き方もアプリで調べる。行き方は、自分の脳内地図に記憶する。

「ジョイもちょっとおめかししようか」

ふとひらめいて、ジョイの毛を軽くブラッシングして整えてから、ジョイの首元に赤いバンダナを結ぶ。ジョイにハーネスを装着し、普段あまり履くことのない黒のパンプスを履いた。家に鍵をかけ、出発する。

「ジョイ、ゴー」

わたしが号令を出すと、ジョイはいつものように威勢良く一歩を前に踏み出す。あの時、母が泣きじゃくるわたしを胸に抱いて歩いた道と、同じ道を通っているのかは、正直わからなかった。けれど、わたしはもうどんなに大きな音が聞こえてこようが、泣き叫んだりはしない。土踏まずもできたから、自分の足で自分の体をしっかりと支えることができる。

「グッド！　ジョイ、グーッド！」

わたしはジョイに惜しみなく賞賛の言葉をかけながら、ジョイと凱旋パレードをしているような気持ちになる。そうだ、これはわたしとジョイとの誕生日記念パレードなのだ。わたし達はひとりと一匹の力を合わせて、大いなる光を勝ち取った。わたしは、その光をトロフィーのように右手に掲げて、高々と空に近づけたいような気持ちになった。

写真館までは、家から三十分弱かかった。途中で道を間違えていったん戻ったりしたものの、なんとか無事にたどり着けてホッとする。写真館に入る手前の道で、ハーレーダビッドソンに追い越された。わたしへの、ささやかな誕生日プレゼントかもしれない。そんなふうに想像すると、楽しくなる。

数ある人工的な音の中でも、わたしはハーレーの音がことのほか好きなのだ。滅多に会えるわけではないけれど、偶然道でハーレーに出会えた日には一日中どころか、次の日までも心が弾む。おなかの底に入り込んだような低い音を思い出しては、大好きなチョコレートを頬張るように、幸福感をむさぼることができる。わたしにとっては、四つ葉のクローバーよりも価値のある存在だ。

ハーレーの余韻を味わいながら自動ドアを通って中に入ると、外の喧騒が一気に静まり、わたしはふと、二十年前の時空に足を踏み入れたような不思議な気持ちに包まれた。

「いらっしゃいませ」

しばらくその場に立って様子を窺っていると、奥から男性がやって来る。声の感じから察するに、四捨五入して四十歳といったところか。背はそんなに高くない。どんなに鼻をきかせても、あのときの匂いはしなかった。

「えーっと、わたし実は二十年前にここで、写真を撮ってもらったことがあるんです。それで、もしその時のことを覚えていたら、教えてほしいと思って」

わたしがそこまで言いかけると、目の前の相手が一瞬息を飲むのがわかった。それから、

「親父を呼んできますので、ちょっとそこのソファに腰かけて待っててもらってもいいですか?」

と言いおき、足早に店の奥に消えた。

わたしは手探りでソファを探し、そこに座る。ソファからは、古い革独特の、脂のような匂いがする。近くに、新聞紙が積み重なっているらしい。紙とインクの匂いもする。

ずいぶん長いことその場所に座って待っていた。その間、写真館を訪れる人は皆無で、入り口の自動ドアは閉まったままになっている。商店街が近いのに、ほとんど音がしない。店内に金魚でも飼っている水槽があるのか、ジーっと機械の音だけが響いている。ジョイは、少し疲れたのか、わたしの足元で横になった。

いきなり自動ドアが開いたので、わたしもジョイも、ちょっとびっくりした。けれどすぐに、さっき写真館にいた男性が父親を連れてきたのだと理解する。懐かしい匂いがした。

「すみませんねぇ、お待たせしちゃって。親父、先月階段から転げ落ちちゃって、足を骨折したんですよ。それで、家から連れて来るのに手間取っちゃって」

息子さんが言う。

「すみません、大変な時に」

わたしが恐縮すると、今度は父親が、

「いいんです、いいんです。久しぶりに、外の空気を吸えましたから」

息子さんと同じ声で言った。車椅子に座っているせいで、声がすぐ近くから聞こえてくる。

父親も息子さんも、気さくな声の持ち主だった。わたしと父親が話している間、息子さんが奥でお茶を淹れて運んできてくれる。爽やかな玄米茶の香りで、つかの間、草原で涼しい風に吹かれているような気持ちになった。心をしずめてから、わたしは切り出す。

「実は以前、こちらで母と写真を撮ってもらったことがあるんです。今から、ちょうど二十年前になるのですが」

わたしは、なるべく父親のいる方を見るようにしながら言った。すると、

「覚えていますよ。あの時、いっしょにいらしたお嬢さんなんですね」

感慨深げに、父親が言う。それから、息子さんを呼んで、

「ちょっと、二十年前の大学ノート、持ってきて」

そう声をかけ、息子さんにノートを持って来させた。それから店の電話が鳴ったので、息子さんは電話に出て、やや込み入った会話をしている。父親は、ノートのページをめくりながら、穏やかな声で続けた。

「だいぶ寒くなってきた頃でしたね。もうお客さんは来ないかな、と思ってここでコーヒーを飲んでいたら、若いお母さんが娘さんをおんぶして、『記念写真、撮ってもらえますか？』って来たんです。女の子はお母さんの背中で、泣いていました。火がついたように泣く、って表現がありますけど、まさにそれで。お母さんは、昔の何巻きっていうのかな？　スカーフを頭に被っていて。写真の大きさと料金を説明したら、一番小さいのでいいっておっしゃってね。おきれいな方でしたよ。背がすらっと高くて、色が白くて。でも、受け答え以外にほとんど喋らない方で、おとなしい印象がありました。娘さんがこんなに泣いているのに、おかしいな、って。

それから、スタジオの椅子に座ってもらったんです。でも、娘さんが泣き止まなくてねぇ。それで、いつも赤ちゃんの目線をもらう時に使うおもちゃのトランペットとかを鳴らしたんです。そしたら、ますます泣いちゃって。参りましたよ」

「すみません」

わたしは当時のことを思い出して、お詫びを言う。あの時、わたしは聞きなれない音の中にいきなり放り出されたような気分になり、とにかく音が怖くて怖くて仕方がなかったのだ。

「でね、わたし、お母さんに言ったんです。せっかくの記念写真なんだから、日を改めましょうか？　って。

　そしたらね、お母さん、しっかりとした眼差しでわたしを見て、頑なに首を振るんです。その時にちらっと、顔の右側に赤い痣があるのに気づきました。今日でないと意味がないんだな、と思って、女の子が落ち着くまでしばらく待つことにしたんです。他のお客さんが入って来ないように、お店のシャッターは下ろしちゃって。

　その後、女の子が泣き疲れたのもあって、ちょっと落ち着いたんですよ。それで、またスタジオの椅子に座り直してもらいました。わたしね、当然お母さんと娘さんが並んで座るかな、と思ったんですけど、娘さんはもう、お母さんの胸元から絶対に離れないんです。こう、ぎゅーっとお母さんのブラウスを両手で握って、しがみついている感じで。それでお母さんは、カメラに背を向けるように座って、お母さんの肩から女の子の顔が見えるようにしました。レンズに背中を向ける写真っていうのは、滅多にないんですけどね、なんとなくお母さんの気持ちがわかったので、そういうことに関してはお客さんの意向をくむようにしたんですよ。レンズ越しに女の子の顔を見たら、かわいくてねぇ。いよいよシャッターを切るっていう段階になったら、お母さん、頭のスカーフを自分で外されました。

　本来ですと、スカートの裾とか足の位置とか、服のシワとかいろいろ細かく直すんですけどね、女の子がやっと泣き止んだので、もうこのタイミングしかない、と思って、わたし、急いでシャッターを切ったんです」

「ってことは、その時は、泣いていなかったんですか？」

　わたしの記憶では、大泣きしていたはずだった。

「そうですねぇ、泣いていない、って言い切れるほど泣き止んでいたわけではなかったですけどね。でも、シャッターを切る瞬間、お母さんが娘さんのおなかをくすぐったのかな、そしたら、娘さんがパッと笑顔になって、その笑顔を見て、思わずお母さんが女の子の方を見て微笑みました。あぁ、いい写真が撮れてよかった、って思いましたよ」

わたしはずっと、写真には母の後ろ姿しか写っていないのかと思っていた。そしてわたしは、泣き顔の自分が写っているのだと。

「そうですか。じゃあわたしも母も、笑っているんですか？」

わたしは改めて確認したくなった。

「そうなんです。奇跡的に、そうなりましたね。そういうの、わたしはいつも、写真の神さまの粋な計らいだな、って思うようにしてるんです」

「あの日は、わたしの、十歳の誕生日だったんです」

様々な気持ちを込めて、わたしは言った。

「警察の人から、聞きました。わたしね、女の子の目が見えていない、ってずっと気づかなかったんですよ。でも、そうだったんですね」

自分ではわからないけれど、わたしはよく人からそう言われる。目を開けていると晴眼者だと思われるのだ。だから、外を歩く時はあえてまぶたを閉じている。

もしも、母が二十年前、わたしを写真館に連れ出さなかったら、わたしの誕生日はいまだにわからないままだったのかもしれない。当時、この写真館を営んでいた父親がシャッターを切っていなかったら、わたしは今も透明人間のまま、あの家に暮らしていたのかもしれない。

　わからない。

　わからないけれど、この人もまた、わたしの人生における大切な証人であることだけは確かな事実だ。

「ありがとうございます」

　わたしは、心を込めてお礼を伝えた。

「いえいえ」

　父親の声が、涙で湿っている。

「すみませんねぇ、最近、やけに涙もろくって」

　そう言い訳するように言いながら、父親がティッシュの箱から紙を抜き取っている。

　わたしは、今日ここに来たもうひとつの目的を思い出した。

「それで今日は、また写真を撮っていただけないかと。今度は、この子とお願いしてもいいですか？」

　ジョイの頭を撫でながらたずねると、

「そりゃもう、喜んで」

　父親が明るい声を出す。それから、大声で息子の名前を呼び、撮影の準備をするように伝えた。ようやく長電話を終えた息子さんは、奥に引っ込んでいた。

　わたしとジョイが、スタジオに案内される。気をきかせた息子さんが、二十年前、母とわたしが座ったのと同じ長椅子を用意してくれた。

息子さんの奥さんも店に来て、わたしの前髪や襟元、スカートのひだを直してくれる。父親は、息子さんが構えるカメラから、少しずれた位置に移動した。どうやら、わたしとジョイの視線をそこに向けるために、また音を鳴らすらしい。

「親父が、音を出しても大丈夫ですかね?」

撮影の主導権を握る息子さんが遠慮がちに聞いてくるので、大丈夫です、とわたしは余裕の笑顔で答えた。二十年後のわたしは、音に怯えて大泣きしたりはしない。音はもう、恐怖の対象ではなく、世界を染める絵の具になったのだ。

父親は、わたしとジョイの気を引くために、プハプハというちょっと間抜けな音のする楽器を鳴らし、奥さんはわたしだけでなく、ジョイの目やにまで取ってくれて、わたし達が少しでもきれいに写真に収まるよう気を配ってくれた。自分がたくさんの愛情に包まれていることを実感した。

「それでは撮りますよー。さん、にぃ、いち」

柔らかくて大きな音と共に、シャッターが切られる。

あれから、二十年が経ったのだ。

「わたし、三十歳になったんだって」

写真館からの帰り道、わたしはジョイに話しかけた。

時間の流れというものを感じるのは、たとえば、パリパリだったお煎餅がしけったり、濡れていた洗濯物が乾いたり、とわの庭の植物の花が枯れたり実がなったり、また芽が出たりする時だ。わたしは、自分の手で触ったり、匂いを嗅いだり、味を確かめたり、音を聞いたりすることでしか、世界を把握できない。確実に理解できる存在は自らの体の感覚で確認できたものがすべてで、だからわたしの世界は、星座のように点と点で結ばれている。わたしの人生は、見えない夜空に、少しずつ慣れ親しんだ星座を増やすことだ。

すべてが手探りだから、わたしが実際に生きている世界は、小学生が夏休みの自由研究で作ったジオラマみたいにとても小さい。

だけど、そのジオラマの中にはジョイがいるし、とわの庭もある。黒歌鳥合唱団もいる。魔女のマリさんやスズちゃんをはじめ、何人かの心を許せる友人もいる。図書館もある。物語もある。読みたい時に、好きなだけ本を読める自由もある。

それに、とわたしは思う。

これまでに読んだ物語に登場するすべての主人公だけでなく、ちょっとだけしか出番のない脇役も、動物も植物も、彼らはみんなみんな、わたしの人生を共に歩む仲間なのだ。たとえわたしのちっぽけな脳には限界があってわたしが忘れてしまっていても、彼らはわたしという人生の船に乗り合わせた乗組員だ。

「幸せだねぇ」

わたしは言った。

「生きているって、すごいことなんだねぇ」

十歳、三十歳、と写真を撮ったから、次の記念写真は五十歳かな、とふと思った。けれどおそらく、その時はもう、ジョイはこの世界にいない。もしかすると、わたしだってもういないかもしれない。それは、誰にもわからない。

だから、今この時を謳歌しなくちゃ。

ジョイと散歩できることだって、奇跡のようにすばらしいことなのだ。本当は、一瞬一瞬が奇跡の連続なのだ。そのことに気づけたことが、三十歳の、一番のプレゼントだったかもしれない。


わたしは時々、スイカズラが母さんなのか、母さんがスイカズラなのか、わからなくなる。もしかして、母さんなんて最初からいなくて、わたしは最初からひとりぼっちで、わたしはスイカズラの精に騙されて、長い夢を見ていただけなんじゃないかという気持ちになったりする。

それは、クリスマスまであと数日という、ある寒い冬の日のことだった。

ベッドに寝て休んでいると、ふと、何かの気配がして目が覚めた。わたしは、自分が夢を見ているのかと思った。わたしの鼻が感じているのは、スイカズラの匂いだったからだ。

あれ、どうして冬なのにスイカズラの香りがするのだろう。

目を閉じたまま、わたしは不思議に思った。それから、なんとなく体全体にビリビリと電気が走るような感覚をおぼえた。

わたしは、ゆっくりとスイカズラの香りを吸い込んだ。

そして気がつくと、再び深い眠りに包まれていた。

母がすでに亡くなっていることを知らされたのは、それから数年後のことだった。郵便受けに、珍しく手紙が届いていた。すぐにスマートフォンのアプリを使って調べると、差出人はオットさんだった。そこに、そのことが短い文章で記されていた。

オットさんは、母から預かっているものがあるという。それが、手紙と一緒に同封されていた。

母が、原稿用紙に書き写していたという「いずみ」という詩。その紙に触れたとたん、わたしは母の声を思い出した。母の柔らかい声が、わたしの胸で反響する。母が、わたしを愛してくれた証拠が、確かにここに残されている。そして、母もまた、わたしの祖父である父には愛されていた。

わたしは、母の文字が綴られているだろう原稿用紙を両手で持ち上げ、その匂いをかぐ。かすかにスイカズラの香りがしたように感じたのは、わたしだけの錯覚だろうか。

すべてはここから始まって、そしてまた戻ってきた。わたしの人生の端っこと端っこが結ばれて、丸い形のリースになる。その、いびつだけれど美しい円の中に、わたしと、そして母さんの人生がある。

母を抱きしめたい。わたしのこの両手で、優しく抱きしめてあげたい。

けれど、それはもう叶わない。あの日、きっと母さんはわたしに別れを告げに来たのだろう。冬の日のスイカズラの香りは、母の魂の匂いだったに違いない。

その香りを、わたしはしっかりと自分の胸に吸い込んだ。だから母は、今もわたしのこの体の中で生きている。

わたしは、心の中で「いずみ」を読む。

母がわたしに読んでくれた詩を、今度はわたしが母に読んで聞かせる。

そして、あの詩は最後、こう結ばれるのだ。


だいじょうぶ、泉はけっしてかれないから。

あんしんして、わたしのそばで、ぐっすりおやすみ。


思い出した。紙に書いてある母の文字は読めないけれど、母の声は、この胸に生きている。

わたしは、この詩を口にしていた時の母の心情を、ようやく理解した。

母は、わたしを愛していたのだ。

わたしが母を愛したように、母もわたしを愛してくれていた。途中からそれが横道にそれただけで、最初は母も、わたしを純粋に愛していた。

そのことにやっと気づいたわたしの肩を、どこからか現れたスイカズラの香りが、そっと優しく包み込んだ。


わたしには、まだまだやりたいことがたくさんある。

人生の新しい扉は、開かれたばかりだ。

飛行機に乗って空を飛び、風に揺れる風圧をこの体で感じたい。

ハーレーダビッドソンにだって、乗ってみたい。自分で運転するのは難しくても、誰かの背中にしがみついて、未来へと風を切ることは可能だ。

そしていつか、馬にも乗りたい。

もしかすると馬なら、目が見えないわたしでも、乗せてくれるかもしれない。誰かといっしょでもいい。少しずつ速度をあげて、草原の中を駆けてみたい。一瞬でいいから、馬の背中にまたがって、青い空を思いっきりはばたいてみたい。

それが、わたしの夢。

確かにわたしは目が見えないけれど、世界が美しいと感じることはできる。この世界には、まだまだ美しいものがたくさん息を潜めている。だからわたしは、そのひとつひとつをこの小さな手のひらにとって、慈(いつくし)みたいのだ。そのために生まれたのだから。この体が生きている限り、夜空には、わたしだけの星座が、生まれ続ける。

本書は書下ろし作品です。

装画・挿画　井上奈奈
装幀　新潮社装幀室

小川　糸

1973年生まれ。2008年『食堂かたつむり』でデビュー。多くの作品が、英語、韓国語、中国語、フランス語、スペイン語、イタリア語などに翻訳され、様々な国で出版されている。『食堂かたつむり』は、2010年に映画化され、2011年にイタリアのバンカレッラ賞、2013年にフランスのウジェニー・ブラジエ賞を受賞。2012年には『つるかめ助産院』が、2017年には『ツバキ文具店』がNHKでテレビドラマ化され、『ツバキ文具店』『キラキラ共和国』『ライオンのおやつ』は「本屋大賞」にノミネートされた。その他の著書に『喋々喃々』『ファミリーツリー』『リボン』『あつあつを召し上がれ』『サーカスの夜に』『ミ・ト・ン』など。

とわの庭（にわ）

二〇二〇年一〇月三〇日　発行
二〇二〇年一一月三〇日　二刷

著　者／小川（おがわ）　糸（いと）
発行者／佐藤隆信
発行所／株式会社新潮社
東京都新宿区矢来町七一
郵便番号一六二―八七一一
電話　編集部(03)三二六六―五四一一
　　　読者係(03)三二六六―五一一一
https://www.shinchosha.co.jp
印刷所／錦明印刷株式会社
製本所／加藤製本株式会社

ISBN978-4-10-331193-5　C0093

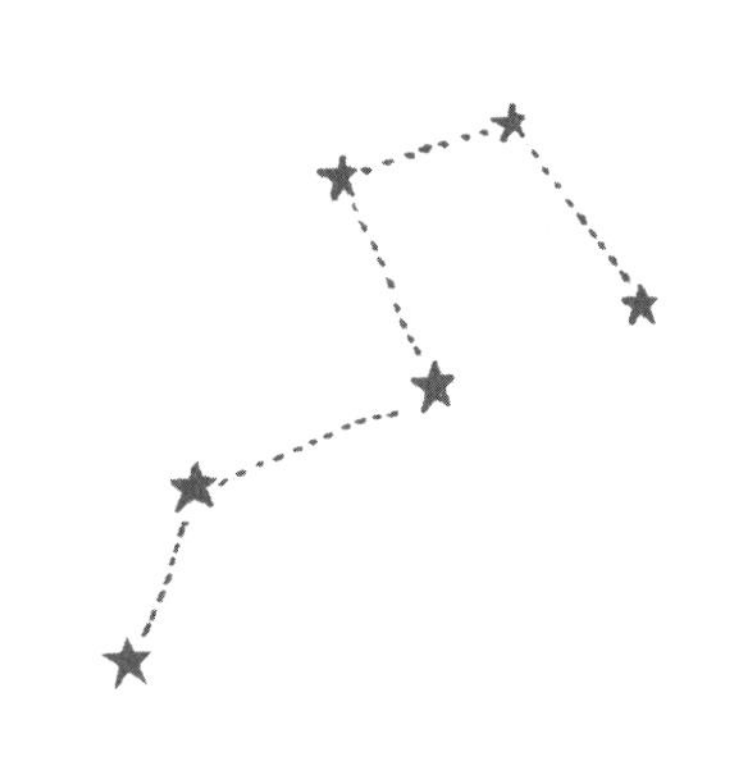